思念集

陈琳 著

外语教学与研究出版社
北京

思念着
远去的人们 ……

目录

前言 / 1

怀念周培源先生 / 5

忆季羡林师 / 14

纪念王佐良先生 / 24

    忆佐良师 / 24

    逝后——忆王佐良师 / 80

    在王佐良先生百年诞辰纪念会上的讲话 / 83

忆珏良 / 85

忆裕光校长 / 98

与明经老师相处的日子 / 110

悼瑞源老友 / 123

忆素我大姐 / 124

念艾培 / 131

怀念大卫·柯鲁克 / **147**

纪念索尔·艾德勒 / **165**

    Sol Adler, a soulful friend / **165**

    在艾德勒同志追思会上的讲话 / **172**

    纪念帕特·艾德勒 / **175**

    In memory of Pat Adler / **177**

China Daily and I — In memory of my old friends
at the paper / **179**

怀念我的哥哥陈忠经，并忆"后三杰" / **195**

扬眉雪耻日　忧民爱国魂 ——"密苏里号"舰上的受降与
徐永昌其人其事 / **213**

纪念丁宝桢 / **232**

    晚清重臣丁宝桢：为官一生勤为民 / **232**

    The man who gave us Gongbao chicken / **239**

莎士比亚和他的环球剧院 / **249**

二百二十年了，想起彭斯 / **259**

纪念保罗·罗伯逊 / **270**

    保罗·罗伯逊生平 / **271**

    The life of Paul Robeson / **276**

    在保罗·罗伯逊纪念会上的讲话（节录） / **285**

    Speech at the Paul Robeson Memorial (Abridged) / **287**

后记 / **290**

作者简介 / **292**

前言

顾名思义,"思念集"就是思念故人的文字。

人老了,不免怀旧。近年来,常常忆起先后逝去的授业者、前辈哲人、同辈亲人、国际友人、老同学,甚至包括长年敬慕不忘但未曾有幸谋面的中外人士。

我多年来的一个毛病,就是上床后不易入睡。于是,与这些作古人们相处的时光就成了我最珍贵的回忆。有时竟会勾出来一些平日绝不会想起的极为细小的往事,令自己都感到惊讶。

这些逝者生前都曾为人们作出过各种不同的奉献。他们之中,有自己不愿如此被称呼的大师巨匠,有曾为人类进步事业出生入死过的革命前辈,有曾为人类文化事业留下永不会被忘记的珍贵遗产的文化人,有给了我良好教育使我今天还能为人们做点事情的大学校长和老师,还有国际友人。

1

我之所以决心写下这册《思念集》，一方面固然是因为我的确不时念着他们，而另一方面，我也认为这些人的事迹是值得除我之外的更广大的人群怀念的。当然，在人类历史上，在不同的民族中，都有为数众多的曾为人类作出贡献的人们，但我不曾有机会和幸运同他们相识或相聚。我今天在这本《思念集》中记下的，是我自己亲身有过接触或曾有过神交的人们。

　　同时，我又必须坦白地说，我之所以要记下他们，是因为在过去的岁月中，他们之中有些人或多或少地都曾在一些不同时期或不同场合受到过某些不公正的待遇。我自己作为一个友人，虽然不曾对这些故人做过什么今天应当感到亏心的事，但总觉得应当有个什么机会来对他们表示些歉意。以本集子中写到的美国黑人歌唱家保罗·罗伯逊为例。在 1937 年，他就曾在美国和加拿大等地的演唱会上用中英文歌唱《义勇军进行曲》，将募捐所得通过宋庆龄先生转给中国人民，以支持我们的抗日斗争。在 1949 年 10 月 1 日，当他在罗马旅途通过广播听到中华人民共和国成立了的消息时，就拉起朋友走上街头高唱《义勇军进行曲》。然而，这样的一位中国人民的朋友，在 20 世纪 60 年代初表示想到中国访问时，只是因为他在此前曾到赫鲁晓夫任最高领导人的苏联访问，就未被邀请前来中国。这使我多年来觉得，我们中国人欠了这样一位朋友一个人情。这也正是我在2008年发起组织了一次纪念罗伯逊的活动的原因。在这个《思念集》中，我把当年我写的纪念他的文章也包括进来了。

又如，集子中有一篇是关于一位台湾原国民党的高级将领（陆军一级上将）徐永昌的纪念文章。我在写时，虽了解这位将军一向对我党抱有好感，而且亲民，但同时也意识到这件事情涉及微妙的关系。文章送到《光明日报》后不久得到回音，说这篇文章须送到"上级"审核。过了约半个月，我得到报社总编室回复，说上级同意原文照发，而且将我原送去时的题目作为副标题，正标题改为《扬眉雪耻日 忧民爱国魂》。对一个国民党的高级将领给予这样的肯定，也是很不寻常的事。因此，我也决定把这篇文章转载入《思念集》中。

这些文章不少是在报章上刊登过的，它们当时的读者，不论是前辈、师长、同窗或亲朋，都曾向我表示喜爱，都曾说我在文章中倾注了感情，并都曾说它们值得保存下来。应该说，他们的评价是中肯的。当初我写这些文字，以及这次为这集子而新写的，的确是出自对这些人物的敬慕和思念，是动了情的。

说得多了，还是让读者自己去看一看这个集子里所涉及的人们，是不是值得我们今天来思念呢？

怀念
周培源先生

　　2017年8月28日是我国著名科学巨匠周培源老先生115岁冥寿。我邀请了他的年过80岁的女儿周如雁和周如玲两位多年好友来家小聚。我们举杯怀念这位中国唯一曾与爱因斯坦一起工作过的物理学大师。

　　说起周老，当今除了孩童不知其名外，应当是一位家喻户晓的人物。学校物理教科书里有对他的介绍，更不用说从事科学研究的人们了。他不仅是中外闻名的科学巨匠，还是伟大的爱国者，政治立场鲜明的社会活动家，国际知名的世界和平积极推动者，曾在国际上被尊称为"红色中国的物理学家"和"和平老人"。他在1959年就加入了中国共产党，是我国科学界最早加入中国共产党的著名人士之一。除曾担任国内外多个科学研究机构的创始人或领导者外，还曾任多届全国人大代表、全国政协副主席。

　　周老应当说是一位终身的教育家。他1924年毕业于清华大学之后，先后在美国、德国、瑞士的著名大学学习，并获得博士学位。1929年回国后，年方二十七就被清华大学聘为教授。当时周老年轻潇洒、风度翩翩，又加学识渊博、才华横溢，在学校里上百位教授中被美称为"三剑客"之一。他对小不了他几岁的学生爱护备至，尊重他们的勤学苦读精神，他爱说的一句话是"学生应该超过老师"。又经常引用牛顿的名言"如果说我比别人看得远一些，那是因为我站在了巨人的肩膀上"。他的学生中有很多人后来都成了著名科学家，包括诺贝尔奖获得者杨振宁、钱三强、

钱伟长、林家翘、胡宁、于光远等。周老直到90岁高龄还在指导博士研究生，在他近70年的教学生涯中，为我国科学事业的发展培养出了几代人才。

1937年周培源为爱因斯坦拍摄的照片

说起周老与爱因斯坦的相交，那是上世纪30年代的事。1936年，周老在清华大学连续从事教学工作6年之后，得到一次休假的机会。于是，他决心到美国普林斯顿大学与爱因斯坦一起继续深入研究相对论。周老不仅对爱翁的科学成就衷心景仰，而且对他的反法西斯勇气和精神也十分敬重。但是，他并不盲从权威。他在总体方面肯定相对论理论的同时，在其中的"坐标意义"问题上，对爱翁的见解有所保留。而爱翁是唯物主义的科学家，完全没有为维护自己的"权威"而对此不满。相反，他将周老的意见纳入自己的思考之中。从这一事例，我们可以看出周老如何在自己的科学研究和为人处世中实践着自己的座右铭："独立思考，实事求是，锲而不舍，以勤补拙。"

在追忆周老一生的事迹时，不能不提到在"文化大革命"中他坚持正确立场，直面"四人帮"倒行逆施的大无畏精神。周老在1993年11月去世后，《人民日报》于12月5日发表了《周培源同志生平》一文。其中一段是这样写的：

"文化大革命"中，他看到我国的教育事业，特别是理科教育和基础理论的研究备受摧残，痛心疾首。在"四人帮"当道、极左思潮肆虐的环境里，他不顾个人安危，为维护科学真理，捍卫人民教育事业，坚决抵制对相对论的批评，反对所谓对教育战线的"两个估计"，呼吁加强理科教育和基础理论的研究，并上书周恩来总理，受到周总理的充分肯定和高度重视。1972年10月6日他在《光明日报》发表《对综合大学理科教育革命的一些看法》，针对"四人帮"的种种怪论，提出既要批判理论脱离实际的倾向，又要批判"理论无用"的错误思想，要抓好基础课的教学，加强基础理论研究，对于抵制当时教育界泛滥的极左思潮起了重要作用。

由此我们可以看出这位伟大科学家实事求是、不计个人得失、敢于捍卫真理的崇高精神。他的女儿周如玲对老父为人的三个字总结是：说真话。

　　这一精神还可以从另一件事看出来。在国家考虑建设长江三峡大坝时，科学家们对于这一巨大工程有着不同的意见，但由于形势，肯定的意见几乎一面倒。然而，周老作为流体力学、湍流理论的专家，对于修建大坝对生态环境的影响是有看法的。1988年，86岁高龄的周老率领182位政协委员到选定的建坝地段以及湖北、四川长江流域作深入细密的考察，并上书中央缓建大坝。他以一个有良知和无畏胆略的科学家的实事求是精神提出："关于大坝的争论，实质上是要不要科学、要不要民主、要不要决策民主化的问题。"今天，大坝已经建成十多年，在利用水力、广开电源等方面起着重大作用，但在生态环境等方面也存在一定负面影响。它的是非功过将由更长的历史来判定。但是当年周培源同志那种对国家和人民负责、不畏遭批的危险、实事求是"说真话"的大无畏精神，是永远值得我们敬佩和学习的。

　　我对周老早存景仰，也曾听过两三次他的讲话和报告。同时，"文化大革命"前，我的哥哥陈忠经曾任国务院对外文化联络委员会副主任兼秘书长，在工作中与周老联系较多，逐渐建立私交，因此我也见过周

9

老几次面。但由于所从事的学科领域不同，且我又是晚辈，早年无缘深交。直至"文化大革命"结束后，当时周老二女周如雁女士在中央新闻纪录电影制片厂担任新闻纪录片英语版的解说工作。有时某些新闻报道片或纪录片需要双人对话配音时，该厂就邀请我参加录音，如此就与周女士相识并合作，逐渐成为好友。由于她的引见，也出于我对她老父的景仰，我逐渐常去周府走动。周老夫人王蒂澂女士是位英语老师，因此与我也多共同语言。这样，我就有机会在家庭场合亲近作为父亲和丈夫的一位普通人的周老。

周老曾在美、德等国留学和工作多年，因此外语非常好，尤其是英语；而且他也很喜欢英语，谈话中常常插用英语。因此，我去看他时一起聊天，也很相投。他因从女儿那里知道我是英语报纸《中国日报》的顾问，而他平日是爱看该报的，因此就爱与我谈《中国日报》里的英语有时"不地道"，常常会有"中式英语"之嫌。他说，由于中外各种文化、环境，尤其是意识形态的差别，有时一个中国概念要翻成外语，既要传达原义，又要符合外国语言特色，是会有困难的。他举了一个例子，是我至今难忘的。他说，上世纪二三十年代他在美国时，一次谈起中国的历史，谈起孙中山先生，谈起他倡导的"三民主义"。他说，要把这个概念像汉语那样简明地翻出来使他大伤脑筋。

他说，"民"当然可以翻成people，但"三民"怎么办呢？他说，他忽然"灵机一动"，想到他上中学时英语读本里选有美国总统林肯的著名的《葛底斯堡演说》，是他当时几乎能倒背如流的。里面最后一句是"... government of the people, by the people, for the people, shall not perish from the earth"，他把这句话背给美国朋友听，他们立刻明白了"三民主义"的意思。但周老说，要用几个英语单词翻出"三民主义"几乎是不可能的。因此，汉译英的确是个大学问。这些有关英语的事，就成了我们见面时经常谈论的话题。（这里要说明一下，《中国日报》创办于1981年。早期存在一些"中式英语"的情况，是可以理解的。改革发展至今，这个问题早已不复存在了。）

另外一件我们见面常谈的事是北京大学。谈天中，我告诉他我的三个孩子（二男一女）都是北京大学毕业的。他听了说，"一家三北大"好像还没听说过。而且我告诉他，三个孩子中两个是北大物理系毕业的。他听了尤其高兴。周老从1952年到1981年，在北京大学除任教授外，先后担任教务长、副校长和校长。他常说，这三十年是他一生中最愉快、最enjoyable的一段时间。而且，除教大学生外，他特别喜欢孩子。他常说："科学家要从孩子抓起。"在他自己的孩子们小时，他就喜欢给她们买一些或设计一些带一定创造性的玩具。同时，在家里也爱同她们说些英语。

周培源与他的"五朵金花"全家福：前排左为夫人王蒂澂，后排从左至右分别为长女周如枚、二女周如雁、三女周如玲、小女周如苹

　　平日，周老对自己的孩子家教甚严，同时又亲爱有加。对妻子则更是一位体贴关爱、老而弥亲的丈夫。上世纪30年代后期，王夫人不幸患上肺病，不得不住到西山疗养院医治休养。当时周老工作正忙，还必须独力维持家务，照料孩子，但他每周末都骑自行车二十多里去医院看望夫人。由于医院制度严格，不准与病人接触，以防病菌外传，周公只能踏上凳子隔窗看视亲人。而尤为感人的是，约在1987年，周老夫人患中风而瘫痪，长期卧床，只能单独住在一间屋

里。而周老每天早上醒来第一件事就是到夫人屋里说声"Hello, good morning"。为了让老夫人舒心一些，周老坚持每天请家人或护工把老夫人从床上抱下来坐在轮椅上，到客厅散散心，或推到院子里晒太阳。这段时间里，我也尽量抽出时间去看望两位老人。有时与老夫人说上几句英文，她总显得很开心。周老当时已不常出门，也很愿意听听外面的情况，尤其是他一辈子关心的广大青年们的所思所想。

1993年11月24日，周老起身后仍与往常一样，到老伴屋里去与夫人道早安。两小时后，因心脏骤停，安然辞世。

"周培源同志的一生是追求真理的一生，是献身科学教育事业的一生，是为党和人民事业奋斗不息的一生，是光辉的一生。他的杰出贡献和历史功绩将彪炳青史，永留人间。"（引自《周培源同志生平》）

忆
季羡林师

　　我是悲伤的，然而也是幸福的。

　　就在7月20日，到八宝山和季老作了最后告别之后的第二天早上，我在办公室的桌上得到了刚刚出版的《季羡林全集》1至6卷。这是在得知季老离去的当天我向《全集》出版者外研社提出的要求的回应。感谢他们给了我这哀伤中的幸福。

　　翻开《全集》的总目，看到整个集子的脉络：以散文、日记、回忆录和杂文开始，然后才是专著和译著。这使我欣慰，我想也会是其他众多一般读者（可能学术专家也不例外）所喜爱的——先以一个有血有肉、爱憎分明、有欢乐和眼泪、有决断和踌躇的普通人来接近季老。

　　《全集》第一卷有《因梦集》《天竺心影》《朗润集》和《燕南集》四个部分。每集诸文基本上以编年为序。

说来惭愧，季老的众多学术著作，除去有关中国文化和东西方文化的个别篇章曾因工作和兴趣的需要读过一点之外，其他对我来说均属"天书"。主要还是季老在十年浩劫之后陆续出版的散文和回忆录等成了我力所能及的读物。而在20世纪30年代，季老作为一个二十多岁的年轻人所写的众多散文，这次是第一次接触。

2005年2月，看望季羡林教授

　　《因梦集》开篇是季老在1985年写的短篇《自序》，他说早在1935年（当时季老年方廿四）就曾应师友之约，想把当年已写就的散文收集出版，因准备赴德事宜未果。但当时就已想好《因梦集》这个名字。事隔五十年，今天又想起此事，"至于《因梦集》这个名字的来源，我现在有点说不清楚了……但我却喜欢这两个字，索性就把现在编在一起的新中国成立前写的散文名为《因梦集》。让我五十年前的旧梦，现在再继续下去吧……"

说心里话，还没有完全看过这集子中的文章，但我也极为喜爱"因梦"这二字。集子中的散文有《黄昏》《回忆》《寂寞》《老人》《夜来香开花的时候》《去故国》和《寻梦》等。我按照自己已经下定的要将《全集》从头至尾一字不漏地看完的决心（唯愿到了《罗摩衍那》这样的专著时还能不爽此约），从《因梦集》的《自序》开始，得到书的当晚就读到次日凌晨两点钟，只因当天还要参加早上八点半的会而勉强将书合起。

《因梦集》的第四篇是《回忆》。季老开篇说："回忆很不好说，究竟什么才算是回忆呢？我们时时刻刻沿了人生的路向前走着，时时刻刻有东西映入我们的眼里。——即如现在吧，我一抬头就可以看到清浅的水在水仙花盆里反射的冷光，漫在水里的石子的晕红和翠绿，茶杯里残茶在软柔的灯光下照出的几点金星。但是，一转眼，眼前的这一切，早跳入我的意想里，成轻烟，成细雾，成淡淡的影子，再看起来，想起来，说起来的话，就算是我的回忆了。"

我是倚在枕上、把书捧在膝头上读的。读到这里，我把书合上（也许并没有意识到要合书，也许仍捧着书，我"回忆"不起来了）。眼前浮现出多年来我有幸与季老在一起，或不在一起而"神交"的时光。

首先映入眼帘或脑际的是季老在见面聊天中几次提到的故居院里的那棵枣树。

那是四年前的事了。

2005年秋，我应山东省教育厅之邀，去给济南和泰安的英语老师作外语教学法的报告。接待的同志们给了我不少土特产，并问我有什么旅游要求。我说泰山上去过两次了，能不能去一个穷困地区的小学看看。他们说："行。去哪里？"我必须坦白，这时我才暴露出我的私心："听说聊城有小学开英语课的。能不能顺道安排我去看一看季老的故居？"主人欣然应允。那是他们的骄傲啊！

第二天，主人告诉我，已经与聊城方面联系好，在泰安讲过课后，下午就出发去聊城，住在聊城大学招待所。

那所小学的确值得一看。由于是城乡接合部，条件较好，学生们绝大多数仍是农家孩子，穿着虽然简朴但整洁，女娃娃们还扎着红头带，十分可爱。英语老师水平不错，可能知道了我的来意，上课时还专门提到季老，孩子们称他为Grandpa Ji。我告诉他们，我要去拜访季爷爷的老家。孩子们鼓掌，小脸上流露出幸福。

下午，我们先去了季羡林先生资料馆，受到担任馆长的季老的侄子的欢迎。一片平房，几个展览厅，有少数实物，主要是图片。我注意到，有关季老生活和社会活动的照片是到上世纪末为止的，于是我答应季老侄子回北京后设法为资料馆收集近期季老的生活照片。（先提一下后话：我回京后，到新华社要了一张当年温总理去给季老祝寿时报上发表的相片，给资料馆寄去了。）

我们从资料馆出来，驱车离开市区，穿过几道弯的乡间小路，路旁不时看到片片枣林。主人告诉我，刚过收枣的季节。不久，车开到一小片林间空地，主人说车开不过去了，要步行一小段才能到季老的故居。我们穿过林间的一条小路，见到右手边有一片干枯的大坑，有半个篮球场大小，里面生着杂草，也有几棵小树。我忽然想起季老在《我的童年》中的一段记载：

大概到了四五岁的时候，对门住的宁大婶和宁大姑，每年夏秋收割庄稼的时候，总带我走出去老远到别人割过的地里去拾麦子或者豆子、谷子。一天辛勤之余，可以捡到一小篮麦穗或者谷穗。晚上回家，把篮子递给母亲，看样子她是非常欢喜的。有一年夏天，大概我拾的麦子比较多，她把麦粒磨成面粉，贴了一锅死面饼子。我大概是吃出味道来了，吃完了饭以后，我又偷了一块吃，让母亲看到了，赶着我要打。我当时是赤条条浑身一丝不挂，我逃到房后，往水坑里一跳。母亲没有法子下来捉我，我就站在水中把剩下的面饼子尽情地享受了。

我问陪同的村干部这水坑是不是有过水，他说十多年前还曾有水，后来干了。到下大雨后，就会积下一塘水。我在干水坑边站了下来，想象着当年一个孩子赤身裸体站在水中间啃着贴面饼子的模样。倘若站在我身后的那位村干部看见我忍俊不禁的样子，是不会明白怎么回事的。

转眼来到了一片较空旷的地方，看到离此不远的两块一面涂黑的石碑，一块写着"祖父祖母之墓"，另一块是"父亲母亲之墓"，下款都是"季羡林"。免去了"孙""子"字样，使我也从小处看到季老的纯朴。我在两块墓碑前都默立片刻。

又走了几十步，就见到一个土大门，主人说，这就是当年季老出生的家。我记不清门的朝向了，只觉得迈步进门时不禁有一种肃然之感。进得门来，是一片土院落，转眼朝右一看，就是我心中似乎很熟悉的那棵枣树了（当然只是初次见面）。

当时住在院里的一位季老的远房侄媳告诉我，树后面这一排房子，原来是土房，几年前翻修过，变成砖房了。右手数过来第二间，就是季老出生之处，也是季老终身悔恨没有好好侍候一天的母亲后来住的房子。

我看到那棵枣树上还有不少没有摘尽的枣，而且枝叶茂盛，就向房主人提出能不能折一枝还挂着枣的树枝带回北京去送给季老。房主人立刻应允，而且折下两枝来。我数了数，共挂着九颗枣子。我觉得这是个吉祥的数字，想到几天后我到季老病房里给他送去时他会多么开心。同行的一位县里女同志从包里拿出一张报纸，仔细地把两枝枣包起来，代我拿着。这里顺便说说，我将离开县里回济南时，季老的侄子，也就是资料馆长，把长长的两大网兜大红枣，还有几大盒花生米，放到我车上，说都是季老爱吃的，托我转交，但说其中一半是送给我的。我要老实说，我回到北京的第二天，就把枣和花生米的各四分之三送到301医院季老面前。当然，更要紧的是那两枝共九颗的红鲜枣。（我第一天回到北京家里后立即把枣枝插在水瓶里，让它不要干着。）

我后来得知，季老把花生和枣都按惯例分给医院的大夫和护士同志们了。但他的老友兼秘书李玉洁给季老留下了一些最红的枣，吃了好多天……

昨天夜晚，我还"回忆"起了什么？

我回忆起了自2001年北京取得第29届奥运主办权之后的七年中，北京市和奥组委为此所做的准备工作。其中之一就是北京市政府成立了"北京市民讲外语活动组委会",来提高一般市民的外语（主要是英语）水平,以便能更好地接待来京参与和观看奥运会的外国朋友。在组委会领导下,成立了一个"专家顾问团",成员是全市与外语和外语教学有关单位的负责人员（包括各外语院校、外语机构、外语媒体单位的老专家等）。为了提高这个专家顾问团的权威性,聘请了两位知名学者和社会活动家为名誉团长。一位是入籍我国多年的美国老朋友、著名新闻工作者爱泼斯坦先生,一位就是季老。当我到301医院向季老禀报市领导这一愿望时,季老慨然应允,并说这是大事。说也惭愧,在季老人大常委、北大副校长、海内外学术泰斗等这样的地位和头衔之下,区区一个市民学外语活动专家顾问团名誉团长的名义,真是委屈了老人家。但这是我一个凡夫俗子的小人之心。季老很重视这个工作,我每次去汇报时他都要问起市民学外语的进展情况。不仅如此,季老还十分关心小、中、大学里的外语教育。2008年8月,温家宝总理去医院给季老祝寿时,季老还专门向总理提起这个问题。

今天,专家顾问团两位名誉团长都离开了我们,而改善北京的语言环境、提高首都国际化水平的工作还任重道远。我们将向谁去寻求指引呢?

我的目光转到了书架上我近十年来所得到的季老

写的书。我必须承认，我是一个贪得无厌的人。每次季老有新书出版，我都要打电话给李玉洁老师请她给我留一本，并在方便时请季老签好名。也有时，我是买好了书，送去请季老题赐。记得有一本书，季老签好名后，玉洁老师拿出两颗小印给我盖上，并说："这一颗印可是当年胡适先生亲自刻了送给季老的。季老保存的几十颗印马上都要送给国家图书馆啦！我这回给你盖上，以后别人可就没这福分啦！"但有一次，我简直是到了胆大妄为的地步。一天，我的小儿子听说我要去看望季老，提出能否同去拜见老校长。我想到季老一贯对后辈学子的爱护，踌躇再三，就同意了。我告诉季老我的三个子女加上媳妇都是北大毕业生时，老人问长问短，十分高兴。万万没有想到，小儿子乘机取出他随身携带的一张红色北大信笺，请季老题字。我还没来得及说不可造次，季老已经高兴地请玉洁老师拿过笔来，稍加思索就在信笺上写下：

陈兵小同志：业精于勤荒于嬉，行成于思毁于随。

季羡林　乙酉夏

如今，我是多么羡慕我的小儿子啊！

今天，季老离我们而去了。我想起他在三年前所写的《九十五岁初度》中曾说："有生必有死，是人类进化的规律，是一切生物的规律。是谁也违背不了的……我一不饮恨，二不吞声。我只是顺其自然，随遇而安。"他又说："我已经活了九十五年，无论如何也必须承认这是高龄。"又何况，季老去得安详、平静，没有痛楚。从这点说，我们应该感到安慰。

但是，我又痛心地记得，在这篇文章的最后，季老说："现在我们的国家是政通人和海晏河清。可以歌颂的东西真是太多太多了。歌颂这些美好的事物，九十五年是不够的。因此，我希望活下去。岂止于此，相期以茶。"

想到这里，我只能感到抱恨终身了。

由谁来接过季老这支笔呢？

写到此，抬头见窗外曙光初露。我忽然回忆起季老在接受"翻译文化终身成就奖"大会上的讲话："未来是你们的。我希望看到……人才辈出，蒸蒸日上。"

七月廿一日　黎明时光

后记：

一次我去看季老，他正在伏案写稿。他似有歉意地说："我最不喜欢用电脑写东西。老要想一个字怎么拼音，就写不出文章来了。"我很以与季老有此同感为荣，但只好给编辑们添劳了。

（原载《中华读书报》2009 年 8 月 5 日第 8 版）

23

纪念
王佐良先生

忆佐良师

　　《王佐良全集》正在编辑、准备出版。佐良师的家人要我写一篇序。我因力不胜任，感到惶恐。但能有机会用文字记录下近二十年来对老师的思念，我愿试写此文。

　　甫一提笔，浮现眼前的，是十八年前深冬的一件往事。

　　1995年1月19日，那是在佐良师因心脏病住院的第三天，听说佐良师被移送至特护室（ICU），有些担心。虽已是晚上八点多钟，我还是赶到了医院。得到护士的特许，我穿上消毒衣，走进病房。佐良师精神还好，见到我很高兴，向同房的两位病友说："你们认识他吧？他就是电视上教英语的陈琳老师，我们是老朋友、老同事了。"我连忙说，王先生是我的老师。

在护士的提醒下，我不敢多留。走出病房，我隔着玻璃回望，佐良师向我频频招手，脸上还留着笑容。

出了病房，我马上借用了护士办公室的电话与徐序师母通了话。我高兴地告诉她佐良师精神很好，叫她放心。

但万万没有想到，第二天（20日）一早，校长办公室来电话，告诉我佐良师已经在半夜时因突发心衰而去世了！

我竟然成了与佐良师生前见面的最后一个亲友！

1990年，佐良师在清华园中楼寓所书房

此后近二十年来，每当我拿起一本佐良师的书时，这一场景必然首先涌上心头！

现在，在我提笔写这篇忆恩师的文章时，从这一场景接下去应当写什么呢？佐良师是怎样的一个人？他的一生是怎样走过来的？他给爱他的人们留下了什么？

诗人的王佐良

写下这六个字，另一场景又浮现眼前。

记得是20世纪90年代初，当时我做大学成教学院院长。一次，我请佐良师给学生作一场关于文学与语言学习的报告。在向听众介绍佐良师时，我说："王佐良教授是我们大家都熟悉的，他是诗人、文学家、作家、翻译家，当然又是教育家。"

接着佐良师开始讲话。他说，刚才陈老师介绍我时，说我是诗人。是的，我喜欢诗，我爱诗，我爱中国诗，我爱外国诗，我也翻译了许多诗；但我自己诗写得不多。然而把我称作诗人，而且首先介绍说我是诗人，我是高兴的，我是感谢的。

这里，佐良师说："我自己诗写得不多。"应当说，他正式发表的诗的确不是很多。但是，人们或许不知道，他在1936年还是一个年轻大学生的时候，就已经有了这样的诗：

暮

浓的青，浓的紫，夏天海中的蓝；
凝住的山色几乎要滴下来了。

26

夕阳乃以彩笔渲染着。

云锦如胭脂渗进了清溪的水——
应分是好的岁月重复回来了。
它于是梦见了繁华。

不是繁华！
夜逐渐偷近，如一曲低沉的歌。
小溪乃不胜粗黑树影的重压了。

树空空地张着巨人的手
徒然等待风暴的来到——
风已同小鸟作着亲密的私语了。

静点吧，静点吧；
芦管中有声音在哭泣。
看！谁家的屋顶上还升腾着好时候的炊烟？

假如说，在1936年还是一个年轻人在徒然等待着风暴的到来，那么，到1942年就是更加成熟的呐喊了：

看他那直立的身子，
对着布告，命令，或者
将军们长长的演讲，
对着歌声和行列，对着
于我们是那样可怕而又愿
别人跌进的死。看他那直立。

那点愚笨却有影子，有你我
脆弱的天秤所经不住的
重量。那愚笨是土地，
和永远受城里人欺侮的
无声的村子。那点愚笨
是粗糙的儿女和灾难。

　　这是一个年轻诗人在当时充斥大地人间的压迫、
腐朽、黑暗和反抗下发出的呐喊。它和另一首诗，被
闻一多先生收入了他编选的《现代诗钞》（见《闻一多
全集》，1948年）。
　　这是七十多年前的诗。在那以后的日子里，佐良师写了
许多应当是自己一吐心声的诗，许多没有发表过的诗。
　　1947年他在赴英国的途中写了《去国行，1947》，

共五首:《上海》《香港》《海上寄吟》《新加坡》和《哥伦坡水边》。

且让我们看看他怎样写那十里洋场的上海:

有几个上海同时存在:
亭子间的上海，花园洋房的上海，
属于样子窗和夜总会的上海;
对于普通人，上海只是拥挤和欺诈。

关于香港，他写道:

饿瘦了的更加贪婪，为了重新
长胖，他们维持下午的茶，
维持电车上贴的奇怪中文
和中文报纸里的色情连载。
北平的学者们将要哭泣，看见这么多
光亮的白报纸，而哪里有像样的杂志?

在欧洲时，他写了《巴黎码头边》《伦敦夜景》
《长夜行》《1948年圣诞节》等篇。

1949年初从欧洲回到祖国，开始从事教学工作，
他没有时间写诗了。1966—1976的十年间，就更谈不
到写诗了。

思念集

然而，在我们多难的祖国于1976年结束了十年浩劫，又在1978年迎来了改革开放的春天之后，佐良师写下了他的心声：

城里有花了

草呀草，
绿又绿，
水边有树了，
城里有花了。

一个多事的秋天，
人们等待着过节，
忽然所有的花都不见了，
吹起了凄厉的西北风，
从此沙漠爬上人的心胸。

……

早已有了哥白尼，
早已有了伽利略，
早已有了爱因斯坦，
早已有了几百年的星移斗转，

难道就是为了这样的终点？

不，人们说不，

人们说不是为这个，

人们开始只对自己说，

人们终于向大地吐露，

而人们是时间的宠儿。

草呀草，

绿又绿，

水边有树了，

城里有花了。

佐良师不太写什么政论诗文。但是，在这短短的几行写于1979年的诗里，我们清晰地读出了对"文化大革命"的控诉与抗争，对"时间"（历史）终将证实真理在谁一边的信念，以及对1978年末起始的又"有花了"的欢欣鼓舞。而这欢欣是以一首清新的、从心底流出的而却又无限深沉的小诗道出的。

在那以后的十多年里，佐良师每年都有新诗。特别值得一提的是佐良师以诗的形式写出自己对文学以及语言探究的心得。最令人心仪的是以《春天，想到了莎士比亚》为总名的组诗七首（1981年）：

一、心胸

二、马洛和莎士比亚

三、十四行

四、仲夏夜之梦

五、哈姆雷特

六、特洛伊罗斯与克瑞西达

七、莎士比亚和琼生

且让我们从这组诗中引出几段，看看一个诗人是怎样以诗来论一位异国的诗人的：

一、心胸

莎士比亚，你的心胸坦荡荡
吸收这个的俊逸，模仿那个的开阔，
只要能写出更动人的诗剧，
让感情在舞台上燃成烈火。

但又比火永恒。多少人物的命运
留下了长远思索的命题：
一个青年知识分子的困惑，
一个老年父亲在荒野的悲啼，

一个武士丈夫的钟情和多疑，

另一个武士在生命边缘的醒悟，
都曾使过往岁月的无数旅人
停步，重新寻找人生的道路。

……

因此你坦荡荡。四百年云烟过眼，
科学登了月，猜出了生命的密码，
却不能把你销蚀。有什么能代替
你笔下的人的哀乐，生的光华？

1984 年，佐良师在清华园

　　而诗人又不止于用诗写诗人，他在20世纪80年代就曾以诗来记下自己对他所钟爱的一门外国语言，尤其是对自己祖国语言的深情：

语言

中心的问题还是语言。

没有语言，没有文学，没有历史，没有文化。

有了语言，也带来不尽的争论：

是语言限制了思想，

还是语言使思想更精确，

使不可捉摸的可以捉摸，

使隐秘的成为鲜明，

使无声的愤怒变成响亮的抗议，

……

我学另一种语言，

我要钻进去探明它的究竟，

它的活力和神秘，

它的历史和将来的命运，

……

但我更爱自己的语言，

无数方言提供了各种音乐，

永远不会单调！

各个阶段的历史，各处的乡情和风俗，

永远不会缺乏深厚而又深厚的根子，

而协调它们、联系它们、融合它们的

则是那美丽无比、奇妙无比的汉字！

……

但愿它能刷新，

去掉臃肿，去掉累赘，

去掉那些打瞌睡的成语，

那些不精确的形容词，

那些装腔作势的空话套话，

精悍一点，麻利一点，也温柔一点，

出落得更加矫健灵活，

……

只有对自己祖国语言的爱、对它的更加完善美好的期盼，才能令诗人用它写出好诗。这就是诗人的王佐良。

翻译家的王佐良

说起作为翻译家的佐良师，不能不提到一件对佐良师个人及对我国文学事业来说都是一个无可挽回的遗憾的事：早在20世纪40年代初，佐良师还是西南联大的年轻助教时，就翻译出了爱尔兰大文豪乔伊斯的短篇小说合集《都柏林人》，但此译本未来得及出版，就毁于日本飞机轰炸引起的桂林市大火之中了。

之后，在英国留学期间，佐良师主要致力于英国文学的研究，回国后的50年代，他因专注于教学，没有能从事翻译工作。但自1958年起，佐良师以很大的精力和时间开始翻译他一向钟爱的苏格兰农民诗人彭斯的诗，并于次年出版了《彭斯诗选》（后于1985年出了增补版）。

多年来，除翻译了诸多英文散文、随笔之外，佐良师的译作主要是英诗。说佐良师是翻译家，首先必须说他是诗译家。除了上述《彭斯诗选》和1986年出版的《苏格兰诗选》中的诗全部为佐良师所译外，在他所著的《英国诗史》《英国浪漫主义诗歌史》《英诗的境界》《英国诗文选译集》《英国诗选》等书中所选的英诗，除部分用了当代我国诗译家已有的译文外（均在书中注明），都是佐良师自己译出的。

在与佐良师多年的师生交往中，我深深感受到他对诗和诗人的一往情深。

首先，是他对老师威廉·燕卜荪和他的诗的崇敬和喜爱。虽在师从燕卜荪之前，他就早已初试诗笔，但是燕卜荪的诗作以及他对诗（尤其是莎诗）的钟爱为佐良师开启了一扇新的大门，并引导他走上一条以译文的形式向国人介绍英诗的道路。

在《穆旦的由来与归宿》一文中，佐良师写道：

燕卜荪是奇才：有数学头脑的现代诗人，锐利的批评家，英国大学的最好产物，然而没有学院气。讲课不是他的长处……但是他的那门"当代英诗"课内容充实，选材新颖，从霍普金斯一直讲到奥登，前者是以"跳跃节奏"出名的宗教诗人，后者刚刚写了充满斗争激情的《西班牙》。所选的诗人中，有不少是燕卜荪的同辈诗友，因此他的讲解也非一般学院派的一套，而是书上找不到的内情、实况，加上他对于语言的精细分析。

在1993年出版的《英国诗史》的序言中，佐良师写道：

在本书进行中，我时时想到在南岳和昆明教我读诗写文的燕卜荪先生。先生已作古，然而他的循循善诱的音容笑貌是永远难忘的。谨以此书作为对先生的纪念。

在《我为什么要译诗》一文中，佐良师写道：

我为什么要译诗？主要是因为我爱诗。原来自己也写诗，后来写不成了（区区六字，但含深意——笔者注），于是译诗，好像在译诗中还能追寻失去的欢乐，而同时译诗又不易，碰到不少难题，这倒也吸引了我。

另外，我也关心我国的新诗坛，希望自己所译对于我国的诗歌创作有点帮助。中外诗歌各有优缺点，应该互相交流、学习。

从这短短的一段话里，我们可以看出，佐良师之所以致力于译诗，在一个深层的意义上说，是希望这样做能够对自己国家文学事业的发展有所裨益；但首先，是他爱诗，因而他也爱翻译自己所爱的诗。

那么接下来的一个问题是：究竟诗能不能翻译？

对于这个历来众说纷纭的问题，佐良师在他1980年出版的《英国诗文选译集》的序言中写道：

谁都说诗不能翻译，然而历来又总有人在译。诚如歌德所言，这里的矛盾在于译诗一方面几乎不可能，而另一方面又有绝对的必要。……在我们中国，诗的翻译不但行之已久，而且对于新诗的兴起和发展起了重大的促进作用。因此我是希望看到更多的同志来译诗的，自己也作了一点尝试（请看此中的谦虚——笔者注）。此中的体会，主要一点是译诗须像诗。这就是说，要忠实传达原诗的内容，意境，情调；格律要大致如原诗（押韵的也押韵，自由诗也作自由诗），但又不必追求每行字数的一律；语言要设法接近原作，要保持其原有的新鲜或锐利，特别是形象要直译。更要紧的，是这一切须结合诗的整体来考虑，亦即首先要揣摸出整首诗的精神、情调、风格，然后才确定细节的处理；……译者要掌握一切可能掌握的材料，深入了解原诗……又要在自己的译文上有创新和探索的勇气……文学翻译常被称为"再创作"；其实出色的译文还会回过来影响创作……当然，这些事说来容易做来难，我对自己的译文常是感到不如意的，明眼的读者还会发现我自己未曾觉察的错误、毛病，但是虽然困难不少，我却仍然喜欢译诗，也许是因为它毕竟是一种创造性的艺术活动，它的要求是严格的，而它的慰藉却又是甜蜜的。

读者可以看出，在上段引文中，有些句子省去了。这完全是因为篇幅之故，实际上我是很舍不得的。但从这经删节的引言中，已可看出一个极为精练的、重点突出的、一语中的的关于"诗词翻译艺术"的定义或总结。其中的重点，如诗是能译而且必须译的、译诗像诗、结合整体、注意原诗的精神等等，是十分明确的。而更重要的一点，是可以从中看出佐良师对诗的钟情，在诗和译诗中感到的甜蜜和慰藉。说到"甜蜜"，我清楚地记得，佐良师曾说过一句话：我确实感到翻译诗歌，其乐无穷！

记得是在90年代初，为了祝贺佐良师一家人搬入"中楼"新居的乔迁之喜，我带了一包花生米（佐良师最喜欢的"零嘴"，但他曾说过："在困难时期，这种

'奢侈'也不是时常能有的。")到他们新家小聚时，谈到翻译。他说，翻译也是一种创作，尤其是诗的翻译。他说：译诗是写诗的一种延长和再证实。

我是完全相信这一点的：一个真正能译出好诗的人，自己不可能不是诗人。

为了能看一看佐良师如何将自己的诗风融入译诗里，让我们来读一首他所译的苏格兰农民诗人彭斯的脍炙人口的爱情诗A Red, Red Rose的译文：

一朵红红的玫瑰

呵，我的爱人像朵红红的玫瑰，
六月里迎风初开；
呵，我的爱人像支甜甜的曲子，
奏得合拍又和谐。

我的好姑娘，多么美丽的人儿！
请看我，多么深挚的爱情！
亲爱的，我永远爱你，
纵使大海干涸水流尽。

纵使大海干涸水流尽，
太阳将岩石烧作灰尘，

亲爱的，我永远爱你，
只要我一息犹存。

珍重吧，我唯一的爱人，
珍重吧，让我们暂时别离，
但我定要回来，
哪怕千里万里！

　　看一看，这样美的译文，不是一种再创作么？不是写诗
的一种延长和再证实么？但是，别看这么一首白话小诗的翻
译，佐良师也没有随随便便一挥而就。正如他所说：

　　反正这首看起来很简单的小诗给了我不少麻烦……
有一行诗表达主人公对一位姑娘的爱，说是即使所有的
海洋干枯了，岩石都被太阳熔化了，他仍然忠于爱情。
我想在原诗里，这关于海和岩石的比喻一定是很新鲜很
有力的。我们汉语里恰好有一个成语——"海枯石烂不
变心"——可以说是完全的"对等词"。但是它在中国
已经用得太久太广了，变成了陈词滥调。所以我在译文
里避免它，另外用了一个说法，文字不那么流利，但
保存了原来的比喻。

　　　　　　　　　　　　　　（《答客问：关于文学翻译》）

41

从这里加上我在前文中所引的佐良师自己写的若干首诗，我们可以管中窥豹，约略看得出一点佐良师的诗风：清新、简约、顺达、优雅，以及他严谨的治学态度。

讨论佐良师的诗作和译诗，还必须认真探视一下他对英国文学史中第一巨匠莎士比亚的剧作和诗作的研究（其实莎剧都是诗）。

1982 年，在彭斯故乡与身着苏格兰服装的当地人合影

佐良师的莎学研究，起始于他在昆明西南联大师从威廉·燕卜荪时期。而后，他又在牛津大学茂登学院奠定了基础。而见诸文字的莎学研究论述，主要起自他60年代开始在报刊上发表的大量论文，如《莎士比亚绪论——兼及中国莎学》。除专著之外，还有《英国诗剧与莎士比亚》《莎士比亚在中国的时辰》《莎士比亚的一

首哲理诗》以及在他所主持编写的巨著《五卷本英国文学史》中有关莎剧的篇章。

应当说，对莎翁作品的钟爱，以及对莎学的深入研究，是佐良师之所以能成为诗人的一个重要因素。

关于写诗和译诗的关系，或者说诗人和诗歌译者之间的关系，佐良师在多处写得很清楚。在《译诗和写诗之间》一文中，他说："只有诗人才能把诗译好。""诗人译诗，也有益于他自己的创作。"在《穆旦的由来与归宿》一文中，他又说："诗歌翻译需要译者的诗才，但通过翻译诗才不是受到侵蚀，而是受到滋润。"

而佐良师自己正是这样一个以自己的诗才译诗，而又从中得到无限滋润的诗人。

在对待译诗这一艺术的认识上，还有一点是必须指出的：对佐良师来说，"译诗"不仅是译外文诗为汉语诗，它还包括"译"我国古诗为今诗，以及译古代佛经为现代汉语等。

且看佐良师在《翻译：思考与试笔》一书中就这个问题是怎样说的：

余冠英先生译《诗经》为白话，体会到五点：

一、以诗译诗；

二、以歌谣译歌谣，风格一致；

三、不硬译；

四、上口、顺耳；

五、词汇、句法依口语。

何等切实，何等新鲜！

这里，出于与佐良师的感情，忍不住要提一件事：古典文学大家余冠英先生是佐良师在西南联大读书时的作文老师，师生关系极亲。而余冠英先生又恰恰是我的姑父。我一直为能与佐良师除师友之情外还有这点渊源而感到幸福。

关于他自己作为其中一个重要成员的我国翻译家队伍，佐良师提出过一个重要的理念：

中国翻译家是否有一个独特的传统？

有的。根据古代译佛经和近代译社科和文艺书的情况来看，这个传统至少有三个特点：

一是有高度使命感，为了国家民族的需要不辞辛苦地去找重要的书来译。

二是不畏难，不怕译难书、大书、成套书。

三是做过各种试验：直译，意译，音译，听人口译而下笔直书，等等。

因此成绩斐然，丰富了中国文化，推进了社会改革，引进了新的文学样式。

（《新时期的翻译观——一次专题翻译讨论会上的发言》）

请注意，他这里说，翻译家所做的工作，"推进了社会改革"，这绝对不是夸张。想一想，严复、瞿秋白、鲁迅、郭沫若、茅盾、田汉、林语堂、林纾等等这些先哲，他们的翻译成就难道不曾在很大程度上推动了我国1919年起始的新文化运动么？而对于这些人对人类文明所作的贡献，佐良师说：

诗译家最大的贡献，就在于他从另一种文化中给我们引来了某些振奋人心的作品，而在此同时，也写出了自己最好的作品，进而丰富了本民族的文化。在这一转换和交流中，一个更加丰富的、更加多彩的世界涌现出来了。……诗可能在翻译中失去些什么，但是一种新诗诞生了——伴随而来的，是一个更加灿烂的世界。

（见英文论文Some Observations on Verse Translation
《论诗歌翻译》，译文为笔者试译）

作出了如此重大贡献的"诗译家"，佐良师就是其中的佼佼者。

文学史家的王佐良

佐良师在1949年回到祖国后，一段时间内主要精力放在教学工作上。但自50年代后期起，他开始利用课余和工余时间，从事英国文学的论述、推介和翻译工作。尤其是，他将很大精力放在英国文学史的研究和论述上。他在1996年出版的686页的巨著《英国文学史》，从英国中古文学一直论述到20世纪后期的当代文学，并以很大篇幅对英国文学与世界文学的关联作了论述。但佐良师这一对英国文学史"盖棺论定"的论著，绝不是轻而易举的一日之功，而是他多年潜心研究、锐意进取、认识不断深化的结晶。在这一巨著的序中，他写道：

　　这些话说来容易（指写一本英国文学史——笔者注），做来却有不少困难。为了取得经验，我先写了一部文学潮流史（即《英国浪漫主义诗歌史》），接着又写了两部品种史（即《英国散文的流变》和《英国诗史》），并与同志们合力写了一部断代史（即《英国二十世纪文学史》）。在这样的基础上，我才进而写这部通史即单卷本《英国文学史》。

从这短短的几句话中，我们可以看出佐良师对一个国家的文学史的研究所持的严肃、认真、一丝不苟的治学态度。

　　实际上，作为《英国文学史》这一巨著的奠基研究，他不仅先撰写了上面提到的三本书，其后，又分别在《英国二十世纪文学史》和《英国文艺复兴时期文学史》中就有关文学史研究的基本出发点问题作了逐步深入的论述。直至《英国文学史》的出版，可说是一个历时五年的系统工程。

为了能清晰地了解佐良师关于文学史观的理解是如何逐步深化和充实的，我们且以编年的方式看一看佐良师在这五年中的几部文学史著作中都写了些什么。

在这一系列专著的最早一本——1991年出版的《英国浪漫主义诗歌史》的序言中，佐良师写道：

对于文学史的写法，近来讨论颇多，我也想说明一下自己是根据什么原则来写此书的。

这部断代英国诗史是由中国人写给中国读者看的，因此不同于英美同类著作。它要努力做到的是下列几点：

1. 叙述性——首先要把重要事实交代清楚……

2. 阐释性——对于重要诗人的主要作品，几乎逐篇阐释……

3. 全局观——要在无数细节中寻出一条总的脉络……对所讨论的诗歌整体应有一个概观，找出它发展的轨迹。

4. 历史唯物主义观点——这是大题目，针对诗史，这里只谈两点：一、把诗歌放在社会环境中来看。诗人的天才创造是重要的，但又必然有社会、经济、政治、思想潮流、国内外大事等不同程度的影响；英国浪漫主义本身就是第一次工业革命和法国资产阶级革命两大革命的产物。二、根据当时当地情况，实事求是地阐释与评价作品。

……

就历史唯物主义而言，这是任何写历史的人应有的观点……我们当代中国学者特别需要用它来研究和判别外国文学史上的各种现象。它会使我们把文学置于社会、经济、政治、哲学思潮等等所组成的全局的宏观之下，同时又充分认识文学的独特性；它会使我们尽量了解作品的本来意义，不拿今天的认识强加在远时和异域的作者身上，而同时又必然要用今天的新眼光来重新考察作家、作品的思想和艺术品质。

这是佐良师在1987年为到1991年才出版的《英国浪漫主义诗歌史》所写的序言中说的。就我个人的认识，这是一切研究和书写任何一个民族文学史的最重要和最根本的出发点。没有这一观点，就写不出正确的文学史。

那么，到了1993年，他为自己的又一巨著《英国诗史》所写的序言中，又是怎样说的呢？且看：

关于怎样写外国文学史，曾经几次有所议论，这里只扼要重述几点主要想法：要有中国观点；要以历史唯物主义为指导；要以叙述为主；要有一个总的骨架；要有可读性。

也许还可加上一点，即要有鲜明个性。就本书而言，我让自己努力做到的是：第一，在选材和立论方面，书是一家之言，别人意见是参考的，但不是把它们综合一下就算了事；第二，要使读者多少体会到一点英国诗的特点，为此我选用了大量译诗，在阐释时也尽力把自己放在一个普通诗歌爱好者的地位，说出切身感受。

……

写书的过程也是学习和发现的过程。经过这番努力，我发现我对于英国诗的知识充实了，重温了过去喜欢的诗，又发现了许许多多过去没有认识的好诗，等于是把一大部分英国好诗从古到今地又读了一遍。衰年而能灯下开卷静读，也是近来一件快事。

这里，我们可以看出，经过几年的"学习和发现"，在主要是"重述"了几点原有的关于写史的"想法"之外，又增加了一条新意：写史"要有鲜明个性"。而同时，说自己"衰年而能灯下开卷静读"是"一件快事"，也使我们这些后辈和今后的新来者得到无限激励和鼓舞。

到了1994年，在由佐良师参与主编的《英国二十

49

世纪文学史》中，他对于写史的观点，就更加明确了：

撰写之初，我们对此书内容和写法是有一些想法的，当时曾归纳为这样几条：

1. 书是由中国学者为中国读者写的，不同于外国已有的英国文学史……

2. 因此它以叙述文学事实为主……

3. 要包括较多信息……

4. 指导思想是历史唯物主义……（再次强调——笔者注）

5. 要着重作品自身，通过研究作品来讨论问题……

6. 写法也要有点文学格调……

7. 尽量吸收国内外新材料、新发现……

8. 规格尽量照当代国际通行方式……

在序言最后，佐良师说：

进行这样从中到西的学习，占领新材料，进行新分析——我们面前的工作还多得很，二十世纪卷的完稿仅仅是一个开始。

请注意这里的"学习"二字。佐良师是以这样的态度来写史的。

最后，在佐良师于1992年动手撰写、到他离世后一年的1996年方才出版的《英国文学史》一书中，他写道：

近年来一直在从事文学史的研究和撰写，有一个问题始终令我困惑，即一部文学史应以什么为纲。没有纲则文学史不过是若干作家论的串联，有了纲才足以言史。经过一个时期的摸索，我感到比较切实可行的办法是以几个主要文学品种（诗歌、戏剧、小说、散文等）的演化为经，以大的文学潮流（文艺复兴、浪漫主义、现代主义等）为纬，重要作家则用"特写镜头"突出起来，这样文学本身的发展可以说得比较具体，也有大的线索可寻。同时，又要把文学同整个文化（社会、政治、经济等）的变化联系起来谈，避免把文学孤立起来，成为幽室之兰。

……

至于编写外国文学史的其他原则，我的想法可以扼要归纳为几点，即：要有中国观点，要以历史唯物主义为指导，要以叙述为主，要有可读性。

另外一个重要的问题是：讲述一个民族（或国家）的文学史，不仅只是介绍和评述历史中的重要文学著作，更应当对所涉及的重要文学家作出介绍和评价。

这在佐良师的几部英国文学史专著和有关论文中，是十分突出的。

为举例说明这一点，且让我们来看一看，佐良师在他的《英国文学史》一书中以二十多页的篇幅介绍并评论了莎士比亚的剧作之后，是如何评价这个巨人在英国文学乃至世界文学中所处的地位的：

在20世纪80年代，我们回头来看他，仗着时间所给的优势，至少看清了下列几点：

1．他描绘了几百人物，许多有典型意义，而又每人各有个性。

2．他不只让我们看到人物的外貌，还使我们看到他们的内心……

3．他深通世情，写得出事情的因果和意义，历史的发展和趋势……

4．他沉思人的命运，关心思想上的事物，把握得住时代的精神。

5．他写得实际，具体，使我们熟悉现实世界的角角落落……

6．他发挥了语言的各种功能，……让传达工具起一种总体性的戏剧作用。

7．他的艺术是繁复的、混合的艺术，从不单调、贫乏，而是立足于民间传统的深厚基础……

8.而最后，他仍是一个谜。……他写尽了人间的悲惨和不幸，给我们震撼，但最后又给我们安慰，因为在他的想象世界里希望之光不灭。他从未声言要感化或教育我们，但是我们看他的剧、读他的诗，却在过程里变成了更多一点真纯情感和高尚灵魂的人。

这样来写一个民族的文学史和其中一个重要的作家，就不仅能使我们读者了解作品和作家，更会让我们在这宝贵的人类遗产中获得灵魂的升华和飞越。

1988年，在莎士比亚故乡留影

说到此，我们可以看出，从80年代后期起至90年代中期，或者说从《英国浪漫主义诗歌史》到《英国文学史》这一系列有关英国文学史的专著的出版，佐良师对文学史的写法、原则、指导思想是有一条既一脉相承、一以贯之，而又与时俱进、不断创新的红线的；那主要就是：要有中国观点（由中国人写了给中国人看的），要以历史唯物主义为指导（把文学同整个文化的变化联系起来），要以主要文学品种的演化为经，以大的文学潮流为纬，同时，对文学史中的重要人物要有全面的、客观的评价。

佐良师有关英国文学史的这一系列著作中所提出的观点，为我们今天和今后研究中外文学史的人指出了正确的、可循的方向。我认为，这是佐良师为我们留下的重要的遗训。

文采夺目的王佐良

除了众多文学研究专著和论文，以及诗词和诗歌译文外，佐良师还写了大量的散文、随笔、游记。在这些文学作品中，人们获得的一个突出感受，就是佐良师的"文采"。

用一个什么样的词来形容佐良师的文采呢？我思之再三，只能用一个被用俗了、似乎已成陈词滥调的词：美。只有这一个字，正如它的英语对等词beauty，能够最完整、最深切、最恰当地道出佐良师的文学风采。

让我们来看一看他的一段小文。

1991年，三联书店出版了一个小册子，名为《心智的风景线》，收集了14篇游记。为这个小集子，佐良师写了一个小小的序。他写道：

　　出游外国有各种体会：紧张，疲惫，辛苦，都感到过，但也尝到过乐趣。我是一个喜欢安定和宁静的人，但又向往着流动——流动的色彩，乐声，语言，风景，人脸，都吸引着我。远程旅行在个人生活上更是一种大流动，身体在动，心灵也在动，因此印象特别鲜明，思想也比较灵活，这种时候就不免想写下一点东西来，作为日后回忆的印证，于是而有这里的若干篇游记。

　　既写，就想脱出一般游记的格局，有点个人色彩。于是投下了更多的自己，力求写出真情实感。另外，我试着要反映一点所接触到的文学情况、文化环境、社会思潮，也都是根据自己的切身体会，仍然包含在对人对地的观察里，着重的是当时的情，而不是抽象的理。要知道，一只学院墙后的田鼠，虽然多年掘土也自得其乐，有时候也想到墙外骋驰一番，甚至高翔一下的。

　　是为序。

　　我怕我这篇东西写得长了，在抄录时想节略掉其中一些话。但实在舍不得，好在不长，三百几十个字，真可说是字字珠玑。

且让我们再来看看这远不是"墙后的田鼠"的人，是怎样在他的文中"投下了更多的自己"和"当时的情"的。

1982年，佐良师有机会去苏格兰的一个小岛——斯凯岛，他专门去拜访了一位用盖尔语写作的重要诗人绍莱·麦克林。佐良师曾译过他几首诗，也曾在爱尔兰举办的文坛聚会上与其见过面。

这次两位故友、两位诗人重逢，自是无限快乐，佐良师同老友及其老伴莲内和女儿玛丽、女婿大卫愉快地欢聚了一晚。两个老友谈的自然主要是诗和共同的诗人朋友。这里，且让我们来看看佐良师是怎样写他们短暂的重聚之后的道别的，也看看这里面的文采：

一夜好睡，第二天早上我早早醒来，……莲内给我们做了一顿好早餐，我吃完之后，十点钟就告别了莲内和玛丽，坐上大卫开的汽车，由绍莱陪着去到城里，然后到达飞机场。那是一个大晴天，昨天的雨和阴云都已消失，阳光照得一切明亮。我在途中想把岛上风光多看几眼，然而心情已经不同。人生总是这样来去匆匆，刚谈得投机就分手道别了。我走上几乎是全空的机舱，看着站在地上挥手的绍莱和大卫在变远、变小，一会儿连斯凯岛也抛在后面了，于是收纳起欢欣和惆怅，准备面对下一站的旅行和更多的离别。

(《斯凯岛上的文采》)

两位诗人以后未能再见，而且也先后离去了。而这样的离别，这样的文字，能不让我们动情么？

这就是佐良师的语言的美、他的文采。

说到这里，还是要提一下一件大家都熟知的事：佐良师的文采，不仅见诸他自己的写作中，也表现在他的译作中。而且，他不仅写白话文美，写文言文也美。在这方面，最好的例子莫过于佐良师所译的英国哲学家弗兰西斯·培根的随笔三则。在16、17世纪的英国上流社会中，文人学者喜欢用类似我国文言文这样的古雅文字。培根的《谈读书》(Of Studies)一篇就是如此。我们且引几句：

Studies serve for delight, for ornament, and for ability. Their chief use for delight, is in privateness and retiring; for ornament, is in discourse; and for ability, is in the judgement and disposition of business...

佐良师的译文是：

读书足以怡情，足以傅彩，足以长才。其怡情也，最见于独处幽居之时；其傅彩也，最见于高谈阔论之中；其长才也，最见于处世判事之际……

忍不住再引一段：

Reading maketh a full man; conference a ready man; and writing an exact man... Histories make men wise; poets witty; the mathematics subtle; natural philosophy deep; moral grave; logic and rhetoric able to contend. *Abeunt studia in mores.* (拉丁语；英译为：Studies pass into the character.——笔者注)

佐良师的译文是：

读书使人充实，讨论使人机智，笔记使人准确……读史使人明智，读诗使人灵秀，数学使人周密，科学使人深刻，伦理学使人庄重，逻辑修辞之学使人善辩：凡有所学，皆成性格。

这是何等的文采！他若与当年在西南联大时的作文老师余冠英先生九泉相聚，当无愧色。

教育家的王佐良

在追忆了佐良师在英国文学、文史学、诗学以及翻译事业诸多领域的重大成就后，我们不能忘记：他一辈子是一位教师。

佐良师在清华、西南联大就学期间就已为生活之需而兼任教学工作。毕业后留校任教。1949年回国后，被安排到北京外国语学校（北京外国语大学前身）担任教授、教研室主任、系主任、副院长、外国文学研究所所长、校长顾问等职务；并先后担任本科、硕博士研究生的教学和导师工作。

我在课堂上受教于佐良师的时间不长，不久就被调出参加教学工作。但在以后几十年的岁月中，无论是在教学还是教材编写或科研工作中，始终得到佐良师的帮助和指导。佐良师是我终身的老师。

给我印象最深的，是佐良师授课的方式。他永远以一个共同探讨者的身份与学生"交谈"，而不是"教授"。他善于就所学内容提出问题，让学生发表意见，在探讨中不时插入一些自己的带启发性的观点，引导学生能更深入地思考。但是，在这样的课堂研讨活动的最后，他总会以似乎是在总结学生意见的态度和方式来提出结论。这些结论，实际上是将学生引导上了一个更高的认识层次，但又使学生感到有自己的意见在其中；这就是佐良师的教学艺术。重要的是，这里充分体现了对学生的尊重，更是对发挥学生独立思考能力的有效引导。

对中青年教师的帮助、引导甚至"提携"是所有曾受益于佐良师的人都永远不会忘记的。许多后辈教师在他的指引下选定了自己的研究方向，甚至明确了自己在学术生涯中的最终目标。在主持编写许多大部头"文集"时，他总不忘主动邀请中青年教师参加编写工作，并要求他们独立自主地编著一定篇章，使他们得到锻炼成长的机会。尤其应当提到的，是他对中青年教师的尊重。在他担任外国文学所所长期间和以后，每次有教师自国内外学习或参加学术会议归来，他总要召开专门会议，听取他们的体会心得和信息，仔细记笔记，提出启发思考的问题，并常说从中受益。

佐良师的诲人不倦、乐于助人的精神是所有他的学生和同事都深有体会的。1976—1978年间，我奉调到毛泽东著作翻译委员会参加《毛泽东选集》（第五卷）的英译工作（佐良师因身体原因未参加）。那时，我虽已从事英语教学和教材编写工作多年，也做过一些口笔译工作，但翻译"毛著"对我却是一个巨大的考验。一次，在遇到一个十分难译的概念以及涉及的句子的译法时，我打电话给佐良师向他求教。他当时在电话中就给了我一两个可供选择的译法，我已觉大为受益。不料第二天，他打电话到办公室找我，要我回电给他。后来在通话中，他详详细细地告诉我他经过深思之后，对那个词和句子有了更恰当的译法。我被佐良师这种严肃、负责的学风深深地感动了。后来，在讨论文稿的会上，我把这一段故事讲给了共事的学者们听，其中有北京大学的老教授李赋宁。李先生说这就是他的老同学、老朋友的"脾气"。

在我们说佐良师的诲人不倦精神时，还必须提到他对弟子们的严格要求。佐良师经常鼓励年轻人，很少严词批评，但得到他直面的夸赞和表扬也不太容易。但是，当他看到你确实用心做了功课，并确实感到满意时，他会以真心实意的态度给予恰如其分的肯定，但绝不会有任何溢美之词。记得有一次大约是20世纪90年代初，上级给了学校一个突击任务，要将一份有一定篇幅的重要文件立即翻译出来。佐良师找了几个人参与其事，有我在内。我把自己的一部分译好之后，交给了佐良师。第二天，我心神不安地问他是否可用，他只说了一句：Quite readable，但已经使我心满意足了。

历史唯物主义者的王佐良

佐良师是一位国际主义者、马克思主义者、历史唯物主义者。

61

我们都知道，佐良师是中国共产党党员。他的文学创作和研究工作，从来都不是在象牙之塔里面的纯学术研究，而是处处显现出他明确的政治立场和思想认识。

佐良师从青年时代起就热爱苏格兰诗人彭斯的诗，这固然是由于其诗中所描绘出的一个农民青年的纯真的爱情，更主要的是诗中所表现出的对统治阶级的反抗和对民主自由的向往。他写道：

然而彭斯不只是关心爱情，他还注视当代的政治大事。他是一个民主主义者，喜欢同被统治阶级目为叛逆的民主人士往来。他自己还特意买了一条走私船上的四门小炮送给法国的革命者。正是这样一个彭斯写下了《不管那一套》那样的辛辣而开朗的名篇，宣告社会平等，歌颂穷人的硬骨头，并且展望人人成为兄弟的明天。

（《苏格兰诗选》）

佐良师绝不是只喜爱莎士比亚和彭斯。当中国文坛上还没有多少人知道苏格兰近代诗人休·麦克迪儿米德时，他向国人介绍了他。关于他，佐良师写道：

他的诗作经历了几个时期：初期，他用苏格兰方言写抒情诗；中期，他揭发和讽刺苏格兰现状，同时又写政治诗，如对列宁的颂歌……

（《苏格兰诗选》）

他特别介绍了麦克迪儿米德的《未来的骨骼》一诗：

红色花岗岩，黑色闪长岩，蓝色玄武岩，
在雪光的反映下亮得耀眼，
宛如宝石。宝石后面，闪着
列宁遗骨的永恒的雷电。

佐良师并且阐释说：

诗人利用了一些地质学上的岩石名称来写列宁墓室的坚实与闪耀，而室外反射过来的雪光则代表了俄罗斯的大地和人民。最后出现了"永恒的雷电"这一形象，它同诗题《未来的骨骼》一起点出了诗的主旨，表达了列宁对人类的永恒的影响。这是有重大意义的政治诗，然而在艺术上又是完全成功的。

（《苏格兰诗选》）

这样的介绍，不是鲜明地道出了作者本人的国际共产主义者的情感么？

关于佐良师的文学探究，我们还必须着重指出一点：

他是始终以历史唯物主义和马克思主义为指导思想的。在成为一个共产主义者之前，他实际上已经在不一定完全自觉的情况下这样做了；但是以后，他就是完全自觉地这样做了。他不仅自己如此，而且公开地宣扬这种观点，并且要求自己的共事者们也遵循这样的观点。他说：

我们可以对其中的作家作品重新审视，作出评价。这不仅仅是一个要有新见解的问题，而是要有新的观点——在我们说来就是经过中国古今文学熏陶又经过马克思主义锻炼的中国观点。

（《一种尝试的开始》）

此外，我们还应看到：佐良师在强调文采、强调语言要"美"的时候，他绝不是只讲语言形式，他首先是要求写的东西要有内容、要有思想、要有灵魂、要有真理。在一篇讨论英语写作中如何利用强调手段的文章的最后，他写道：

……内容的重要。关键在于要有值得强调的思想感情、远大理想和高尚情操才能产生动人的语言，真理是最强音。

（《英语中的强调手段》）

请看，唯物主义的观点何其鲜明！

爱国者的王佐良

多年来，学习和研究佐良师的学术造诣的人们，主要集中在研读他在1949年新中国成立之后，尤其是"文化大革命"结束以来撰写的作品，而很少或说几乎没有人论及过他当年在北平的清华以及昆明的西南联大时作为一个爱国热血青年的著作。

说起来，也是令人痛心的。之所以佐良师自己也很少谈及那段时期的事和当时的作品，是因为他的一个"隐痛"：长期以来，佐良师因为上世纪三四十年代在昆明时曾从事由当时的国民政府主持的对外宣传工作而被认为曾为国民党服务。这个历史包袱直到"文化大革命"之后才真正得到平反纠正。不仅如此，从近日佐良师的公子王立博士所获得的珍贵资料中方才得知，他父亲在抗日战争期间曾撰写过许多充满爱国激情的散文。

1935年夏，19岁的佐良师考取清华大学，来到北平。然而，他不是陶醉在这古都昔日的辉煌中，而是为许多人在国难日益逼近的时候"沉醉在过去的迷恋里，守住积满尘灰的古董"而忧心。

1936年初，在《北平散记》一文中，他写道：

古老并不是荣耀，印度埃及的故事早就是教训了，唯有自强不息永远的青春才是最可贵的。有一天北平的人不再看着夕阳的宫殿而怀古，不再幽灵似的喊着"文化、文化"，而人人看向前面，朝初升的阳光挺起胸，跨着大步走去的时候，这古城还有一点希望。

1935年冬，这个20岁的爱国青年的激情化作了行动。"一二·九"学生运动大爆发了。年轻的大学生王佐良与大批热血青年一道"挺起胸，跨着大步"走在游行队伍的洪流中，向旧世界发出了呐喊。在《一二·九运动记》一文中，他写道：

山山海海的呼声响应起来了，北平的学生是不会寂寞的。在上海，在天津，在武汉、广州、保定、太原、邕宁、宣化、杭州，在中国的每一角落，千千万万的学生都起来了，浪潮似的怒吼充满了整个中国。

其后，佐良师在昆明西南联大读书和留校任教期间，他的两首爱国诗作被闻一多先生收入《现代诗钞》中。当抗日战争进入20世纪40年代的关键阶段时，许多大学生或离开课堂投笔从戎，或在课余或教余时间投身多种多样的抗日活动。佐良师以其优秀的英语水平，参与了由当时国民政府军事委员会组织的对外英语宣传工作。其中包括一项以英语出版的Pamphlets on China and Things Chinese（《中国与中国的事物》）系列宣传册。佐良师结合他的中外文学知识和素养撰写了Trends in Chinese Literature Today（《今日中国文学之趋向》）小册子。他从一个爱国者、一个中国文学的捍卫者的角度，以28页的短短的篇幅，描述了我国新文化运动前后的中国文学的发展，尤其是当时战时文学的状况。他认为从五四运动开始的中国新文化运动是"新的时代精神的体现"，高度赞颂了以鲁迅为代表的一代新文化作家对中国文化和文学发展的巨大贡献和影响。同时，他也对中国文化和文学的发展表露出充分的信心。他写道：

这个文学会变成什么样的？我们已经看到，它始于模仿。现在人们都说到回归，但归往何方？没有比这更难回答的问题了。然而，鲁迅的成就，可能会有助于我们理解这一点。我们这一代已经被熏陶出对这位伟人的深深的敬意。我们发现，旧文学赋予了他那种倔强的、中国式的性格，藉此鲁迅修炼成一种具有如此奇特魅力的风格。那么，在这里有没有些许启示呢？虽然现时正在发生变化，将来又尚未可知，但我想会有机遇回到根深蒂固的过去的——或许不是为获得咨询参照，而是宣示一种亲缘关系。发展的意义亦即在此。

（王立译，杨国斌校）

这里，我们可以清楚地看到，佐良师提到"亲缘关系"的理念。这表明，早在他还是一个二十几岁的青年时就已经看到，鲁迅先生所指出的中国文化和文学发展的道路，那个"根深蒂固"的大众文化和大众文学的道路，就是"今日中国文学之趋向"——一种"亲缘关系"。

　　在这本小册子中，佐良师从一个文学工作者的认识出发，写出了他对祖国文化和文学的爱心和对它的发展的信心。而这种深厚的爱国心在那以后的五十多年的创作生涯中，以不同的方式和形式，不断深化地、日益深刻地表现出来。在他的大量著作中，在关键性的、理论性的问题上，到处都体现出了他深厚的爱国情操。

　　是他，首先提出了外国文学史研究和写作的中国化问题。他说，我们编写的外国文学史是由中国学者为中国读者写的，应该不同于外国已有的外国文学史。同时，他提出了有没有中国的文学史模式的问题。他说：粗看几乎是没有。直到1990年左右，才有一本名为《中国文学史》的书出版。但是深入一看，这类书古已有之。刘勰的《文心雕龙》里的《时序》就是一篇从上古时期到5世纪的中国文学史，从杜甫到元好问又可见用韵文评述前代诗人的一种诗史的雏形。到了这个世纪，则从鲁迅的《中国小说史略》《汉文学史纲要》等和闻一多的《中国文学史稿》，一直到钱钟书的《谈艺录》和《宋诗选注》，都说明我国是已经有了我们自己的文学史研究及其重大成果的。为此，佐良师还专门用英语写了一篇Literary History: Chinese Beginnings（《文学史在古中国的先驱》），让国外学者对中国文学史的沿革有所了解。

这是爱国主义者的王佐良的骄傲。

说到佐良师的爱国情操，我们不能不在篇幅有限之下节引一首他在1984年为改革开放后的祖国的新面貌而发自内心的欢歌：

雨中

我站在一所大学新盖的楼前，
看着雨点和雨中走着的青年。
……

我站在雨里看着这些新学生，
心里过去、现在都浮起，
还想到雨里见过的都市和街巷，
中国、外国的都出现，
但是我的脚踏在北京的土地上，
而北京在改变着风景线，
……

这样彻底的改造显出了大气魄，
在过去也许要登报夸几天，
但如今北京有多少大工程，
中国全境更何止广厦千万间！
我们学会了埋头讲速度，
要追回逝去的华年！
呵，有心人何必多感慨，
不妨把这多难的世界看一看，
这雨会下到白水洋黑水洋，
却只有这边的彩虹最灿烂。

我站在大学的楼前看着雨点，
感到凉爽，而不是辛酸，
忘了寒霜悄悄爬上了自己的鬓边，
也无心站在路口再旁观，
打开伞我踏进了人流，
在伞下一边走路一边顾盼，
我似乎应该感到老之将至，
但又似乎还有一个约会在面前，
何止是一个人一生的梦，
还有一个民族一百年的焦虑和心愿！

这是出自一个古稀之年的爱国者的心声，他惦记的是一个民族和它的一百年……

性情中人的王佐良

最后，也许是最重要的，我要说一说：佐良师也是一个有血有肉、有情有感的普通人。

佐良师是一个敬师爱友的人。他在学术研究和写作中有所成就时，始终不忘中外恩师和同窗对自己的影响。且不说他在诸多著作中提及他们之处，专门的纪念文字就有如下这许多：

《怀燕卜荪先生》

《译诗和写诗之间——读〈戴望舒译诗集〉》

《穆旦的由来与归宿》

《怀珏良》

《周珏良文集》序

《在文华中学学英语》

关于他在西南联大时的老师燕卜荪，他写道：

燕卜荪同中国有缘，但他不是因中国才出名的。早在他在剑桥大学读书的时候，他的才华——特别是表现在他的论文《七类晦涩》之中的——就震惊了他的老师……《七类晦涩》于1930年出版，至今都是英美各大学研究文学的学生必读的书，而作者写书的时候还只是一个20岁刚出头的青年。

（《燕卜荪（1906—1984）》）

他来到一个正在抗日的战火里燃烧着的中国。……那时候，由于正在迁移途中，学校里一本像样的外国书也没有……燕卜荪却一言不发，拿了一些复写纸，坐在他那小小的手提打字机旁，把莎士比亚的《奥赛罗》一剧凭记忆，全文打了出来，很快就发给我们每人一份！

（《怀燕卜荪先生》）

关于他的诗友查良铮（穆旦），他说：

似乎在翻译《唐璜》的过程里，查良铮变成了一个更老练更能干的诗人，他的诗歌语言也更流畅了。这两大卷译诗几乎可以一读到底，就像拜伦的原作一样。中国的文学翻译界虽然能人迭出，这样的流畅，这样的原作与译文的合拍，而且是这样长距离大部头的合拍，过去是没有人做到了的。

（《穆旦的由来与归宿》）

佐良师就是这样敬爱他的老师和诗友的。

然而，对于自己，佐良师永远是一个虚怀若谷的人。他翻译了他最喜欢的彭斯的爱情诗之一《一朵红红的玫瑰》，读者在吟诵原诗之余，也叹服译文之美。但是，佐良师却说：

《一朵红红的玫瑰》这样著名的诗篇，英语是如此简练，如此清新，而我的中文译文，念起来就不大好了。

（《翻译：思考与试笔》）

他又曾说：

我们必须不断地学习，不断地深入观察，不断地深入实践。翻译者是一个永恒的学生。

（《翻译与文化繁荣》）

佐良师挚爱妻子儿孙。夫人徐序在他留英学习时，在战火纷飞中抚养着他们的孩子。1947年秋，在去国途中的轮船上，佐良师写下了这样的诗：

海上寄吟

离开北平是离开习惯了的温暖，

我恨你跟着火车在月台上跑，
因为那使坐在窗口的我
重演了一切影片里的离别。

……

现在你可能明亮地笑着，
孩子们只觉得少了一个威胁，
而我却在惦记家里的门窗，
是否锁好了每一道安全开关。

……

翻滚的海水才是真实的存在，
每一分钟我离你更远更远，
只在看着别的女人的时候，
我知道我愚蠢地失去了你。

到了43年后的1990年，当他们俩已是老夫老妻的时候，佐良师以42阕的长诗《半世纪歌 赠吟》记下了两人50年的恩爱和患难。

1990 年，王佐良夫妇金婚纪念

半世纪歌 赠吟

一九四〇年二月一日
我们相会在贵阳的小旅店，
我带着从昆明来的沿途风尘，
你只提一只小皮箱就离了校门。

……

回到昆明的清风明月，
我们又有了笑声，
……

思念集

战争在进行，物价在飞腾，
为一点糙米我常排在长队中，
……

内战和恐慌终于过去，
你迎接了北平的新生，
我也赶紧从海洋那边归来，
要出一点力，看新社会升起。

……

这168行的长诗的最后两阕是：

这就是五十年来的大轮廓，
有过欢乐，也有过痛苦，
两人之间也有过波折，
却没有让任何力量劈开。

有你坐在我桌旁的藤椅里，
不说话也使我写得更安心；
无须衡量命运对我们的厚薄，
今天不是终点，时间还在奔流……

然而，令人心酸的是：时间只奔流了五年！

佐良师的孙女王星，毕业于北京外国语大学，与爷爷又有一层师生关系；在爷爷熏陶教养之下，还是初中生时就曾以初生牛犊的劲头小试译笔；现在做《三联生活周刊》的主笔，有志继承祖业。她在1995年爷爷去世的第二天，写了一篇《爷爷的书房》。此文最后，她写道：

此时此刻，坐在爷爷的书房里，我忽然想起还有许多问题应该问爷爷的。

书房里静悄悄的。外面也静悄悄的。恍惚间，仿佛听见有缓慢的脚步声，正如同每天中午爷爷午睡后向书房走来时的脚步声。

……

我又回想起几年前那段时光：那时我坐在这张沙发上，一页一页地读着那本《名诗辞典》，听到在那个阴郁的夜晚，爱伦·坡的不祥的乌鸦栖在雅典娜神像上，高声叫着：

"永不再！"

真的吗？我抬起头，看到日正当午，爷爷的书房窗外，一片阳光灿烂。

这里，我们读到了一个深爱爷爷的孙女的心愿和信念。这使我的耳边响起同样也是美国诗人的H．W．朗费罗的名句：

Lives of great men all remind us
We can make our lives sublime,
And, departing, leave behind us
Footprints on the sands of time;

好了，我这支拙笔，无论再写多长，也无法将一个完整的王佐良以及他的学术成就充分地、准确地、如实地描绘给大家。而且，我觉得，即使我们的读者把《王佐良全集》十二大卷从头至尾一字不漏地全部读了，却不曾有机会同王佐良有过面对面的接触的话，也仍是不可能完全地看到一个有血有肉、有感有情、有笑有泪、有好有恶的王佐良的。

此时此刻，我想起了佐良师在《译诗和写诗之间——读〈戴望舒译诗集〉》一文的最后曾写下纪念他的诗友戴望舒的几句亲切感人的话。我想稍许模仿这一段话，来结束我这篇序，寄托对老师的思念，并希望能表达众人之情于万一：

至今人们都在惋惜王佐良先生过早的离世。正当他在经历了一段文学创作的辛勤劳动和巨大收获高峰之后，在我们这个曾经是多灾多难的祖国刚刚走上一条复兴的道路，因而我们在等待着王佐良在他的创作生涯中又会有一次新的飞跃的时候，命运制止了他。然而，命运却夺不走他的辉煌成就。他在搁下他的那支笔以前，已经把他对人民的深情，秀美动人的文采，有关文学理论、英国文学史、英国诗歌、西欧文学、不同民族文学的契合等诸多方面的知识和信息，通过文化交流来实现和谐世界的梦想以及一个伟大的爱国者和国际主义者的高尚情操传达给了爱他的人群——这个人群更多的是中国人，然而也有外国人。这一广大的人群对这位文坛巨匠是充满了无限尊敬、怀念和感激之情的。而这套《王佐良全集》将成为他们永远的瑰宝。

2013年夏初稿

2015年修订

（原载《王佐良全集》第一卷）

逝后——忆王佐良师

怀念师情，夜不能眠。辗转榻上，耳际忽响起佐良师生前喜吟之托马斯·哈代短诗《逝后》(*Afterwards*)。披衣掌灯，仿原诗律，亦得五节，为我师歌之：

In the twilight, on the lake-front of Dianchi,[1]
Water-birds, as usual, flutter about men's feet
   for food.
With rather a sad tone in their cries, perhaps
   they ask:
"Why isn't the young man here chanting poems
   as he often would?"

In the shade of the ancient belfry,
Where Bodleian Library's long tables lay,
Wondered an elderly scholar in black robe:
"Why is the dark-haired young man not by my
   side today?"[2]

Breaking the waves, a ship sails across the Indian Ocean.
By the rails, lost in thought, a man in a beret stands.
Playing with the spray, diving and leaping, the

80

sea gulls thinking:

"He must be a man whose heart flies to his far-
away land?"[3]

When people open the thirty odd volumes he wrote,
Drinking the wisdom his sweat and toil brought forth,
They would not know the last essay he penned
To our brothers across the Straits he sent.[4]

When students, by the thousands, learn of the
sad tidings,
They will read again the notes they took of his lecture.
They will say: "Now our Master is gone,
But we will all be in his heart for ever."

滇池岸边的水鸟，当夕阳西下，[5]
仍常绕在游人脚旁觅食。
鸣声为何略带凄凉？莫非是在询问：
"那俊秀的书生，为什么不再来吟诗？"

在古老钟塔的庇荫下，
波德里恩图书馆宁静的长桌，
一位黑袍长者频频抬头张望：

"那一头乌发的青年，今天怎不来我身旁？"

迎着朝霞，一艘货轮飘过印度洋。
一个戴贝雷帽的男子默默依在舷侧。
海鸥随着波澜翻飞，或许在想：
"他该是一位心向家园的归客？"

当人们打开他的三十卷书，
吸吮着那里面的汗水和乳汁，
可曾有人知道，他最后一篇遗稿，
是寄给海峡彼岸的我们的同胞？

当千万个学生得知老师离去，
他们抚摸着当年听课时的笔记。
他们会说："他去了，
但会永远惦记着我们，在他心底。"

（原载《英语学习》1995 年第 4 期）

---

1 1938—1946 年间，佐良师曾就读于昆明西南联大并被留校任教。
2 1947—1949 年，佐良师在牛津曾从著名学者威尔逊教授 (F. P. Wilson)。
3 1949 年初，佐良师远涉重洋，于 9 月间回到祖国。
4 佐良师病发入院前一日，写毕最后一篇论文，寄台湾《诚品阅读》杂志社，以应其邀。
5 该诗中译文系作者自译。

在王佐良先生百年诞辰纪念会上的讲话

今年，我们纪念王佐良先生诞生100周年，恰逢莎士比亚逝世400周年。

400多年来，众多外中学者著文评论莎翁其人和他的著作。佐良先生除在《莎士比亚绪论——兼及中国莎学》专著和其他一些文章中论及莎翁外，还在他的巨著之一《英国文学史》中以25页的巨大篇幅评述了莎翁并给予评价。在这25页的最后，他以八条简明的文字总结莎翁描绘了几百大小人物和他们的精神世界，他们所在的历史时代和他们的命运，以及莎翁如何充分发挥了语言的功能，从不单调、贫乏，而是立足于民间传统的深厚基础。

而在这八条文字的最后一条中，佐良先生写道：

他写尽了人间的悲惨和不幸，给我们震撼，但最后又给我们安慰，因为在他的想象世界里希望之光不灭。他从未声言要感化或教育我们，但是我们看他的剧、读他的诗，却在过程里变成了更多一点真纯情感和高尚灵魂的人。

今天，我们纪念王佐良，我们读他的书、诵他的诗、亲近他的人品。在这个过程中，我们得到了升华，我们提高了自身的修养，我们获得了许多高级趣味，我们成为了更加有益于人民的人。

作者与王佐良教授合影

忆
珏良

珏良生于1916年，长我6岁。论年纪，他只能算是我的一个小哥哥。但在学识和人品上，我始终把他视为师长。

思念集

我和珏良，除在北京外国语大学共事四十多年外，还有一门姻亲。他的曾祖父周馥在清朝曾任两江总督。当时我的曾祖父陈六舟任安徽巡抚，两人时常同朝议政。而且周馥善治水，以此作为为民除害的善事。而我曾祖父在任时专治淮河水患，颇有政绩。二人同心并均为政清廉，故结为知己，日后六舟公的曾孙女陈忠葵（我的堂姐）嫁予周馥公的曾孙周煦良（珏良的堂兄）为妻，因而结为亲家。

1942 年，
周珏良与方缃
结婚纪念照

　　我和珏良的缘分还不止于此。新中国成立前，北京（当时名北平）有一家著名医院，名首善医院（原址在今天安门国家大剧院东头）。院长是一位名医方石珊。我们陈家人常去看病，逐渐熟了，成为朋友。而且我和我妹妹每周末要去医院照"太阳灯"（当时俗名，即为强肺照射的紫外线灯）。方院长有两个女儿，都长得极为漂亮。我和妹妹每次去照完"太阳灯"后，总要留在医院后院和那两个女孩一起玩耍，如荡秋千、跳绳等。而那位大女儿方绵后来成了珏良的夫人（当然这是后话）。总之，我与珏良又多了这么一层关系。

我与珏良虽属并不很远的亲戚，但却到1950年在北外共事才首次见面。我当时对他的印象，就是今天人称的"帅哥"。人长得帅，一口标准美式英语也帅，说话做事也帅，更帅的是他那一辈子带着永远微笑的嘴角。同时，那时从国外回来的知识分子，虽因报国之心回来，但在政治上不一定都能很快"跟上形势"。但珏良则不同，可能因为出身爱国知名人士，很快得到领导的重视和信任。1949年参加工作，到1953年就被调去朝鲜担任中国人民志愿军代表团秘书处的翻译工作，参与停战谈判。这是一件不仅英语要好，而且还得有较高的政治觉悟的工作。回国后虽又回北外任教，但1975年又被调到外交部任翻译室副主任，一干就是五年，到1980年才又回到北外。而且，在当时还算少有的一件事，就是作为"海归"的珏良早早就加入了党组织。这是在我们纪念珏良时不能不提及的事。

思念集

他的坚定的政治立场、对国际事务的敏感、丰富的中外文化知识，再加上他卓越的英语才能，能够使他成为一名优秀的外交人员。然而，他究竟还是一个文学家，一个诗人，一个书法家，一个墨砚的爱好者。

1953 年，
周珏良在朝鲜

在我和珏良相处之间，还有一件事，是我几十年不曾忘怀的。1951年，我从南京回北京路过天津办事，事情很急，但发现带的钱不够。情急之下，我想到当时正值暑假，珏良很可能在天津家里陪他老父。于是我就试着去他们家找他（以前我没到过他们家）。

他果然在家。我说明来意，他说："我父亲正睡午觉还没起，不想惊动他了。这里是10块钱，你先拿去应急。以后有什么需要再说。"对珏良当时的热情关照，我始终记在心上。

大家都知道珏良在英美文学、比较文学等诸多方面的研究成就。他的著作我读过不少，但研究不深，有些文字甚至未曾读过。但我必须说，在他有关中西比较文学这一个大题目的所有文章中，《河、海、园——〈红楼梦〉、〈莫比·迪克〉和〈哈克贝里·芬〉的比较研究》是我最喜爱的一文。这里面，可能与我个人的文学爱好有关：恰巧这三本书正是我个人在中美文学著作中最为喜爱的书。我年轻时几乎把《红楼梦》当成每天必读的书；而我偶然在当年王府井东安市场的旧书店中购得一套马克·吐温全集后，曾经幻想过有朝一日成为一个马氏全集的译者。而《莫比·迪克》则是我在看过由美国电影明星格里高利·派克主演的《大白鲸》之后才把原书找来细读之后而爱上了它的。当然，这只是提到我爱读珏良此文的个人因素，而主要的是，珏良通过此文的写作提出来一个雄伟的愿想——建立"普遍诗学"。在文章的结尾处，他写道：

有一点我们几乎可以肯定，就是在这个国家不同、时代不同、文化背景不同的三本名著中竟能明显地体现出一个共同的结构原则，那么经过对不同国家不同时代的作品的更多的归纳研究应当能发现更多共同的艺术结构原则，甚至达到建立某种普遍性的有实用价值的普遍诗学都将不是不可能的事了。

然而可悲的是，珏良去得太早了。虽然在他的一些其他论文中，如《中国诗论中的形式直觉》《卞译莎士比亚悲剧与素体诗的移植》等篇中都曾接触到这个题目，然而系统地建立"普遍诗学"这个重大的构想却远远没有来得及实现。今天，珏良一鹤已排云而上，我们希望在今后的日子里，能够有有识之士（包括他的学生）将"普遍诗学"这一"诗情"引向光辉的碧霄。

珏良在西方文学方面的第二个大题目，应该说是对英诗的研究。珏良虽留学美国，但他研究的西方诗人主要是欧洲的——英国和爱尔兰。更具体点说，他对雪莱、叶芝和济慈三人的研究是有独到之处的。他在评论诗人时，不仅评论他们的诗文本身，而且总是把他们放在历史的背景下作出评价。例如，在他所著《雪莱的命运和对我们的启发》一文中，他写道：

雪莱从思想上说，从诗才上说，从行为上说，都是非常之人，于是就有非常之遇。他宗教上是无神论者，政治上是激进派。（马克思说：他本质是个革命者，并将永远是社会主义的先驱。）

珏良在介绍雪莱的诗作时，又曾写道：

恩格斯在《英国工人阶级状况》一书中曾记载雪莱和拜伦的诗都是英国工人所喜爱的，并称他为天才和先知。这也是革命者和进步人类对他的基本论价。

在介绍济慈的诗时，他着重提到：

他出身贫苦，做过医生的学徒。后来才以写诗为业。……他对英国当时的社会现实不满，希望在一个"永恒的美的世界"中寻找安身立命之处。但他对人生态度是严肃的，不是有人认为的那样的唯美主义者。

珏良的文学研究的第三个大题目，或说他的第三个重要贡献，是翻译。他的有关翻译的文章和译作可以分为四大类：论翻译的文章（如《漫谈翻译》《翻译杂谈》等）、小说（如《水手毕利·伯德——一桩内情故事》等）、散文和文论（如《论舒适》等）以及诗歌（如《英诗十首》《吉拉德·曼莱·霍普金斯诗三首》等）。

这里尤其要提到的是，珏良虽是一位大学者，但不轻视普及工作。他写文章不追求文字的所谓深奥，而是由浅入深，以一般读者能懂的语言来写作。尤其是，他作为终身的大学教授，最关心的是青年后辈。他心目中不仅只有坐在讲台下面的大学生和研究生，还有众多社会青年和广大英语学习者。这里，我想引一段珏良的50年同窗至友王佐良教授为《周珏良选集》所写序言中的一段话：

像许多有眼光的学者一样，珏良不轻视普及工作。在60年代，他就写了一些向初学者阐述英文文学作品……的通俗性小文。在1992年，即他生命的最后一年里，他又在《英语学习》杂志上辟了一个《英诗选释》专栏，从5月号开始，每期一篇，到12月号总共发表了8篇，阐释了庞德、华兹华斯、拜伦、蒲伯、莎士比亚、济慈、艾略特等人的作品，古今英美都有，讲解极为细致，分析极为深入，而联系到的问题则又十分富于启发性……在阐释中，珏良经常拿中国诗来作比较，如以李商隐咏蝉来说明济慈咏蝈蝈与蟋蟀之有"寄托"，就是无数例子之一。这些文章虽然篇幅不长，但既要讲解语言、格律，又要阐明旨趣，写起来显然是很费力的，但是读起来却使我们感到愉快……

我想，这里我们所提到的珏良对英美文学的研究贡献，是永远值得我们纪念和学习的。

　　前面提到说珏良是一个墨砚的爱好者。说起墨，珏良不仅是收藏家，更是研究家。早在1958年，他就写过一篇长文，名《曹索功制墨考》，对安徽歙县曹家制墨的历史发展、清初以降制墨和藏墨之事有详细的研究和叙述。1979年3月，珏良又写了一篇论墨的文章:《〈清代名墨谈丛〉序》。此文一开头，珏良就说:

　　作书绘画，墨是不可少的东西，而佳墨不易得，所以历来为人宝爱，遇上好的就要多存一些以备用。起初藏是为了用，但随着墨的越做越精，本身就变成了艺术品，变成了收藏对象的文物，于是遂有藏墨这桩事，有记藏墨的著作。

　　所以，在我们追忆珏良时，除了记述他在英美文学、诗学、文学评论、中外文化交流、比较文学以及翻译方面的成就外，还不应忽略他对"墨"和制墨史方面的研究。这在过去，尤在今天，是从事者不多的。说到此，我在想:"墨"是否也应列为我国文化遗产之一而予以纪念呢?

　　1986年，时逢珏良70大寿。那时，也是阴错阳差，我不知为什么正好决心要收拾一下我的乱七八糟的柜子和抽屉，偶然发现了我父亲留给我的一方墨。中等大小，上面嵌着金字。中间似是一句古诗（现在记不清了），左侧似写着"康熙某年按御方精制"等字样。我一时心动，这东西我是不懂，更不会用它研墨写字，就用它作为给珏良的生日礼物吧。于是，他生日的前一天下午，我用一张红纸把那块墨（原装在一个很精致的盒子里）包起来，来到珏良家。他午睡刚起，似是在看报纸。我取出东西，说明来意。珏良一看，就非常高兴而又极为在行地说："这可是一块好东西，看起来是一块徽墨真品，要在琉璃厂可得花点碎银子（"碎银子"是《水浒传》里常用的话）。是你老太爷给你的，你应该留着呀！"我说："我是不懂得这些玩意儿的。我又不收藏什么古董，就放在你这儿吧。"珏良听了说："那我就替你收着吧。"珏良的那张书桌上层其实是个柜子，玻璃板下面一层是空的，不是抽屉，下面两侧才是小柜子。我想，他在那张书桌上写东西时，肯定时时会透过玻璃板从那些墨块上得到什么启示和灵感的。

珏良看起来确实很高兴。他立刻将桌面上的玻璃板一半边挪开，将里面已经密密麻麻摆着的、看起来有五六十块的墨移开一下，腾出了一方地位，把那块墨连盒一起放了进去。我记得，那盒子正面是玻璃的，因此一眼还能看得见那块墨本身。珏良把玻璃移回原位后，坐下来对着它和旁边原来的墨块端详了许久。我看得出他很高兴，我心里也很高兴，知道自己总算做了一件该做的事。

1992 年，
周珏良夫妇
金婚纪念照

　　说到珏良之爱墨，还不能不提到他的书法功夫。他出身书香世家，小时没上过小学，到十多岁了才为了要上中学而请了家庭教师补习英语和数学等课程。在幼年期的十多年里，珏良学习写字、读古书（四书五经等等）和唐宋诗篇。尤其是写字，从小就打下了基础。虽后来专攻英美文学，但他的中国文化基础是非常坚实的，其中包括书法。但自上了"洋学堂"和出国留学之后，尤其是1949年回国后，繁重的教学工作，加上各种涉外政治任务，就谈不上常练书法了。然而，幼时的底子是一辈子丢不掉的。到"文化大革命"之后，国家形势有了变化，尤其是80年代末他退休之后，有了可以自由支配的时间，在他自己取名为"书巢"的小书房里，除大多数时间继续看书写文章外，经常以玩墨和观帖为乐（他收藏了一些古人字帖；也喜欢古画，但未多收藏），兴之所至，就自己研墨展纸写上几行。他不但善草书，还能写些篆字，尤其可贵的，他的小楷，笔致细腻，柔中见刚。他还曾为亲朋写过扇面，堪称书法佳品。他去世后，长兄一良曾为弟弟写此挽词：

珏良为亲朋写的扇面

生也悠游　去得潇洒
诗精中外　书追晋唐

寥寥十六字，道出了珏良一生的精彩。

忆
裕光校长

　　裕光校长离开我们已经27年了，他为之奉献一生的南京金陵大学结束她光辉的历史也已64年。

　　说"结束她光辉的历史"，只是说她作为一个大学早在1952年就转制为南京大学，金陵大学这个名称已不复存在。但是，不仅北大楼作为南京城的地标之一仍然屹立着，被众多学子所喜爱，金陵大学六十多年所培养出来的一代代人才，曾经或现在仍在为祖国的建设作出贡献。

　　我此生有幸，受到两所好学校的教育：一是南开中学，一是金陵大学。我必须说，这两所优秀学校的共同特点就是：为学子提供崇高的爱国主义思想教育、学术自由和个性发展的空间、师德高尚与学识渊博的教师、能供学生纵横驰骋的书籍资料海洋和使学生有广阔发展天地的文化生活。

陈裕光校长

　　说起文化生活，至今记忆犹新的一幕往事浮上心头。1946年秋某个星期四下午，我和几个同窗在金陵大学北大楼前草坪一角席地而坐，听喇叭里放出的贝多芬《第六（田园）交响曲》。这是当年金陵大学的惯例之一：由大学影音部为音乐爱好者（和对对男女青年）举办音乐欣赏会。其实也说不上什么"举办"，只是一两个自告奋勇的同学在影音部办公室里操纵一下播放机就行了。我就曾是志愿者之一。主办者是影音部主任孙明经老师，我俩是师生好友。

那天，我们正在草坪上边聊边听音乐，只见陈裕光校长从北大楼门前石阶上缓步走下来。他仍穿着那件常穿的黑色长袍，未穿马褂，皮鞋自然仍是锃亮的。他走到我们身边，我们自然站起身来问好。万万没有想到，陈校长微微用双手撩起长袍大襟，说着"你们也坐"，就在草坪上缓缓坐了下来，一个女同学赶紧过去扶他，他摆摆手说："不用，不用，谢谢你。"

这时，《第六（田园）交响曲》正播到第四乐章的大雨雷鸣的一节，陈校长说："你们听，这是典型的标题音乐。你不仅能从乐声中感到那田园之美，而且那鼓声不就是阵阵雷鸣吗？那急促的鼓点不就是大雨洒向树丛的哗哗啦啦声么？"我已记不清这次与校长小聚是怎样结束的了。我只记得我曾几次想说"校长您忙，早点回府休息吧"，但又舍不得结束这难得的幸福时刻，没有说出这话来……

说起往事，难以忘怀的还有一件。有一天，我记不得是为了什么事，去找陈校长的英文秘书陈梅洁女士（Margaret Turner）。她的办公室在北大楼一层，与校长办公室一门相通。我们正在说话，忽见陈校长手拿一封信走进来，要Margaret办什么事，见我站在一边，就向我点点头。Margaret就向陈校长说："这是陈琳同学。"（好像是说：This is Mr. Chen Lin, a third-year student.）想不到的是，陈校长竟然说:"啊,你就是陈琳同学。反正你已经入校了,说说也可以。你转入我们学校的入学考试(我是1946年从成都的燕京大学转入南京金陵大学三年级的)数学只有二三十分。可是英文考试是几乎满分。大家讨论了很久,还是决定录取你。还专门把这事告诉了我,我也同意了。"说也有趣,我1948年夏毕业,头一天拿到毕业证书,第二天就拿到了留我在外文系当助教的聘书。开学上班第一天,当时的孙家琇教授就和我说:"你知不知道,你当年的入学考试数学分数特低,差点儿录取不上,最后还是陈校长决定录取你的呢!"

说实话,我身居金陵大学的三年里(两年学生,一年助教),并没有太多机会与裕光校长见面。反而是在我们都离开了金陵大学之后的岁月中,有几次乘到南京出差之机,专门到陈校长家里拜会过他。其中最值得追忆的一次,背后还有一个小小的故事。

那是1978年冬,那年10月底,我开始在中央电视台和中央人民广播电台的教育节目中主持讲授《广播电视英语课程》,并为此编写了一套教材。有一天,中央电视台英语教学部的同志很兴奋地告诉我说:"你的老校长叫人打电话来询问你的联系方式。"我一时还没琢磨过来哪位"老校长"。那人说:"是你们南京大学的姓陈的老校长,是一位女同志打来的,留下了电话号码。"我一看,是025开头的,立刻明白了。

那天晚上，我就给陈校长打了电话。他十分高兴地说，他很快慰"我们金大人"能担当主持这样一个全国性的重要节目，并夸奖我说："你在电视上还是像当年那样风度翩翩。"第二年，我乘到上海开会之机，转道南京专程去看望了老校长，见到他和夫人，还有女儿陈佩结女士。老校长专门送了我一张他的相片，在背后题写"振兴中华，造福人群。赠琳校友"，当然签了名。

以上所记，多是一些生活中的琐事。现在追忆老校长，我觉得还应当把我所了解的他作为一位教育家、爱国者的言行事迹，作一些追忆。

陈裕光与
夫人鲍敏合影

那时的大学，按照国民政府教育部的规定，都要举行所谓的"总理纪念周"活动。从名义上说，是表示对故去的总理孙中山先生的纪念。但实际上也是学校领导向师生们讲述一些学校施政和教学中的情况的机会。一般由校长、教务长、总务长、院长或系主任们来轮流担任主讲人。每当陈裕光校长讲话时，大家都是很乐意听的，慢慢也对这位校长的治校之道有所了解。加之我1946年入学，正值抗日胜利结束后由于国民党的反动政策而内战加剧之际，因而对陈校长的为人处事，乃至政治立场等逐渐有所认识。现在，离开我作为一个"金陵人"已经六十多年。回想起来，我认为陈裕光校长作为教育家的一生，有如下几方面是应该得到称颂的。

第一，他作为一个教育家，一向主张对学生要做到德育和智育并重，而不只是传授知识和技能。1948年，学校举行建校60周年纪念大会。裕光校长在讲话中着重提出：教育这两个字，具有两重意义，一是教育学识，二是培养人格。二者并重，不可偏废。若只有学识而无人格，则于事于人，均无益处。可以看出，陈裕光校长当年的教育理念与我们今天所倡导的"德育为先"的原则是相吻合的。

其次，陈校长在金陵大学的教育中倡导教育为社会服务的思想。金陵大学当年推行的教学、研究、推广三结合的所谓"三一制",就是"教育为社会服务"的具体实施。

陈裕光校长在北大楼办公室

　　在上文提到的金大60周年纪念会上,裕光校长说:教育不仅是求知,更是要加强服务意识,锻炼吃苦耐劳的精神,培育人才,济世惠民。他还用英语说:Not others serving me, but I serve others. 我现在回想,这话可能出自于《圣经》,但不敢确定。然而,这种思想与今天我们的"为人民服务"的理念是一致的。

　　第三,裕光校长一贯重视中西文化的交流。作为一个教会大学,在教学中重视西方文化的介绍和传播,应该说是可以理解的。但是,裕光校长在其治校理念中，则是十分着重中西文化的交流，并且强调中华文化的伟大精神，丝毫没有一点崇洋媚外之言行。同时，他也看到当时中国学术研究的落后局面，强调"取人之长，补己之短"，使我们中华民族固有的文化能更上一层楼。

这里顺便提一件小事：陈裕光校长在任职金陵大学校长二十多年期间（其实也包括此前在北京师范大学任教授等时期）以及其后，他都只穿一身中式长袍，有时在正式场合加上一件黑色马褂，从来不穿西装。他自己说过：这也是一种民族精神的体现。

第四，作为一名英语教师，我想说一说裕光校长在金陵大学对英语教学的重视。金陵有一个师资强大的外语系。就英语课程而言，除有孙家琇教授（莎士比亚研究专家，后任中央戏剧学院副院长）、陈竹君教授等外，还有几位英美籍教师。曾任系主任的是一位美国黑人教授。学校课程中除国文（汉语）、中国历史、中国经典研究等课程外，其他课程，尤其是理工科课程，一律要求用英语上课。学校中的许多活动，如读书会、合唱团、剧社等活动，都以英语为主；包括上文提到的草坪音乐播放会，甚至做体操时的口令（Attention! At ease! Eyes right!等）和运动比赛时的啦啦队，都要用英语。前文提到的我因英文卷子分数高而被破格录取，也是裕光校长拍板决定的。裕光校长对于培养有较高外语水平的各科专业人员是颇有远见的。

　　写到这里，我想起了一件小事。我在金大上四年级时，选修了一门"伦理学"课，是由一位曾留学美国的女教授（姓张，可惜忘了名字）讲授的。每星期只有一次课，她用英语讲授。有一天，她忽然对我说，她下礼拜要到外地开一个会，不能来上课，问我能不能帮她上一堂课。当时我感到很惊讶，我说我大概担当不了。她说，我知道你英文很好，没问题。而且我给你出个题目，讲孔夫子的孝道。可能我当时也有点初生牛犊不怕虎的劲头，就答应了下来。我很重视这件事，到图书馆找来《论语》的英译本，仔细研读，那几天下午都没去打排球（我是校排球队队员、主将），也没去学校影音部看英文电影，全力以赴为这堂课作准备。没想到的是，那天（记得是上午第三节课）我一进教室门，只扫了同学们一眼，却看见张教授坐在最后排靠边的座位上，我大吃一惊。只见她微笑着悄悄向我摆手，意思是让我不要有什么举动。我也只好硬着头皮开始讲课。那堂课自己讲了什么，现在还记忆犹新，而且记得讲完后同学们都热烈鼓掌，张老师也说了些鼓励的话。

　　但使我直到现在都还心怀感激的是，那次讲课后的星期一"总理纪念周"结束之后，陈裕光校长从台上走下，到我们学生中间，看到我时示意让我过去。

我心存狐疑地走到他身边，他笑着说："听说你的课讲得不错呀！"我一听，真是吓了一大跳，不知说什么好。陈校长接着说："告诉你吧，这事是张教授有意安排的。她认为你是一个将来当老师的好苗子，曾向我提起过。她想出了这么个主意来试试你。我同意了。"

现在回想起来，这件事情和我1948年夏刚一毕业就被留校当助教，是不无关联的，也可看出陈裕光校长对培养后进的重视。

更重要的，还必须说一说裕光校长的爱国心。早在1928年，日本帝国主义者在山东济南制造了"五三惨案"，激起全国民众的极大愤慨。陈校长亲自主持"金陵大学教职员生反日救国大会"，发表演说，怒斥日本帝国主义的滔天罪行，高举右手，领导全体师生高呼"永不使用日货"的誓言。而且他在以后的岁月中，带领家人终身未曾使用日货。1934年，日本帝国主义的侵华野心日益彰显。日本驻南京使馆在鼓楼山坡上树立了一支旗杆悬挂太阳旗，引起作为近邻的金大师生的极大愤怒。陈校长支持全校师生筹款在大礼堂旁边树立了一个钢制旗杆，高出日本使馆旗杆10尺，悬挂中国国旗，杀了日本鬼子的威风。

说起对陈裕光校长的记忆，还有一件重大的事。1947年，抗议蒋介石政权贪污腐败、发动反共内战的学生运动风起云涌，5月20日，掀起了全国范围的反饥饿、反内战、反迫害抗议大游行。金陵大学的学生当然也积极参加。学校当局按南京政府的要求，找一些教职员工来劝阻学生参加游行（但并未关锁校门）。在一些学生代表找陈校长谈话时，陈校长说："我不忍心阻止你们参加，但是我担心你们的安全。你们一定要小心，要见机行事，千万不要作无谓的牺牲。"

燕京大学校长司徒雷登（前排中）访问金陵大学，与陈裕光校长（前右一）等在北大楼前合影

我觉得，在那关键的日子和时刻，陈裕光校长这样的态度不是偶然的，而是他作为一个终身的爱国知识分子的必然立场。在1949年南京政府垮台之前，蒋政权命令南京、北京、上海等地的大学搬迁到台湾时，陈校长有胆有识地借"没有经费、无法搬迁"为理由，把金陵大学留了下来，留给了祖国人民。至于他本人，

虽有同事朋友劝他去台湾，但他坚决不走。而且，在以后的日子里，他以一个化学专家的知识和经验，为国家的工业建设做了有益的工作，尤其是，他以爱国教育家和金陵大学老校长的身份，发起成立金陵大学校友会，团结和组织国内外、海峡两岸的校友为祖国的建设和统一事业作贡献。在他90岁高龄时，还远涉重洋，到美国十多个城市的大学访问，会见金陵校友，并动员他们回国从事讲学、科研等活动。有些老朋友曾劝他留在国外，较舒适地度过晚生，他都谢绝了。1987年起，他以94岁高龄受聘担任南京大学校务委员会顾问，为学校建设出谋划策。直到1989年以96岁高龄离世前，他都一如既往地为"振兴中华、造福人群"而奉献自己的力量。

2013年，为纪念裕光校长诞辰120周年，南京大学举行了隆重的纪念会和陈校长全身铜像揭幕式。当我能在老校长的雕像前深深鞠上一躬以寄怀念时，我永远以曾是他的一名学生为荣。

与明经老师
相处的日子

　　孙明经老师离开我们已经24年，我必须说，他是我每逢某些有关事情时总会思念的师友。

　　说"师友"，那是70年以前的事了。

　　1946年，随着抗战胜利结束，我随家人一起离开四川来到南京，转学入当时的金陵大学（现南京大学）。

　　初到学校，在还没有融入学习生活、接触老师和同学之前，首先给我美好印象的是学校的标志性建筑"北大楼"和它面前的大片草坪。那终年绿油油的嫩草，被十字形的水泥路分为四大块，真是赏心悦目。

　　记得是我入学不久的一个星期四，我走到北大楼前，看到草坪上三三两两地坐着几群学生，有的在看书，有的以手臂做枕头仰卧着。我顿时感觉到一种早秋的温馨和清爽。而同时，耳际响着轻柔的乐声。我马上听出那是德沃夏克的《自新大陆》。它的主旋律是我早在南开中学就已学会唱的Going home, going home, I am going home（念故乡，念故乡，故乡真可爱……）。我被那柔美而又熟悉的乐曲吸引住了。好在我也没有什么急事，就走到一小群同学身边不远处坐了下来。可能是被那乐声迷住了，我也倒身仰卧在草地上，闭上眼睛静静地享受那美妙的音乐。

大约半个小时过去，曲子结束了。接着，大喇叭里传来一个男人的但却很轻柔的声音：That's all for today. Thank you for coming. Have a nice day.

我稍感不舍地站起身来，走近几个正要离去的同学，打听一下这是哪里放出来的曲子。他们告诉我，那是学校影音部每个星期四下午为学生播放的音乐节目。

我因刚入学，还不太清楚什么是影音部。于是我就向与我同宿舍的一位老同学打听。他告诉我影音部由一位叫孙明经的老师做主任，主要负责制作一些供教学用的电影短片，多半是有关农业种植、生物实验等自然科学的。同时，影音部还拥有许多英语电影片和经典音乐唱片。每逢周四，都要用大喇叭在校园草坪上给大家播放乐曲。那些电影片也可供学习英语之用。

这可把我迷住了。我从南开中学时代起，就迷上了唱歌和听音乐，那也是南开学校的好传统。而且我也最爱看英语电影。于是我就请求那位老生带我去影音部看看。不料那位同学说他从来没有去过影音部，但他说影音部就在北大楼东北角的一个小楼二层。

第二天下午下了课，我就迫不及待地鼓起勇气找到了影音部，上到二层，来到一间拉着窗帘的暗暗的房间，见有十来个人正坐在里面看一个什么电影，好像是关于如何用飞机洒农药的。一位坐在后排的人见我进来就走过来问我有什么事。我说我找孙明经老师，这位高个子的人说他就是。我就作了自我介绍。他把我引到旁边一个小房间，让我在一张椅子上坐下，他自己坐在一张小办公桌后面。在这比较明亮的屋子里，我看到一位很俊秀又温文尔雅的中年人。

我就告诉他我如何喜爱草坪音乐会的事，并说我是一个音乐爱好者，也还能唱些英语歌曲。我说家里有一台老唱机（带喇叭的），还有几十张老唱片。他听了立刻显得很高兴，而且说他正缺一个能在音乐播放时帮他操纵唱机的人，可以作为勤工俭学给我一点零花钱。我立刻说我不要工资，但我愿意帮助音乐播放的事。他大大高兴起来，说也不能让我每次都来，两三周一次就很好了。

这就是我同明经先生师生之谊的开始。

那以后，我尽可能地经常在周四帮他放音乐，最初几次他自己也来带着我，过后不久就放心地让我自己操作了。而我也开心地得到了课余时间可以去他们放映室自己看英语电影和听唱片的"特权"。

我至今还记得当时看过的几部好电影。一部是罗纳德·考尔曼（Ronald Colman）主演的 *The Prisoner of Zenda*，还有女童星秀兰·邓波儿（Shirley Temple）的舞蹈电影片，等等。

更值得追忆的，是我1948年夏毕业后留学校外语系做助教之后，明经老师推动我利用影音资料和设备来配合英语教学，在英语会话课上放英语电影。我至今记得非常清楚的是一部叫《卖花童》（*Flower Boy*）的电影，故事很动人，至今十分喜欢。而片中的主题歌曲学生都学会唱并从中学到英语。近70年到今天，我仍能准确地唱出，歌词是：

Buy my flowers. Be happy and gay.

They smell so sweet. They drive the blue away.

Spend the hours with flowers you own.

Though you'll be sad, they'll make you glad.

Why delay it? Roses are cheap.

They don't say it, but the thorns go deep.

Buy my flowers. Be happy and gay.

Though you'll be sad, they'll make you glad.

由于当时第二次世界大战刚刚以同盟国的胜利结束，有些关于二战的电影还在流行。有一部名叫 *This*

Is the Army 的美国喜剧歌舞片，其中有一首歌是：

This is the army, Mister Brown.
You and your baby went to town.
She had you worried but this is war.
And she won't worry you any more.

This is the army, Mister Jones.
No private rooms or telephones.
You had your breakfast in bed before.
But you won't have it there any more.

　　我至今都认为，唱外语歌曲，是一个培养听说能力的有效而又生动活泼的方式。
　　另一项与明经老师合作的事，也是有关英语教学的。当时国际上流行一本名为 *Basic English* 的口语学习材料。他的著者到中国来推行，由金陵大学外语系主持接待。这是一套立体型教材，有书、有唱片、有电影，利用800个单词来训练学生的一般生活会话能力，很适合大学低年级学生使用。我在明经老师的指导下，进行了这个教学试验，收到很好的效果。
　　另一件使我至今仍感到高兴而且有点小得意的事，就是我遵照明经老师的指点，为影音部所存的供教学用的英语电影写简介（用英语写），包括剧情简述、有关背景知识、影星介绍（例如当时流行的 Ingrid Bergman, Gregory Peck, Gary Cooper, Ronald Colman, Henry Fonda, Vivien Leigh, 等等）。这项工作，一方面是我喜欢做，而另一方面，这种资料在课堂教学上很有用，而且对我自己的学习也大有益处。记得我为了写 Ronald Colman 主演的《双城记》（*A Tale of Two Cities*）一片的简介，就查阅了不少有关当时法国政局和英法两国关系的史料，并对作者狄更斯（Charles Dickens）也作了介绍。这些材料写成初稿后，我给明经老师审看。他谦逊地说："我的英文可能还没你的好呢。你请外文系哪位教授给看看吧。"我于是就将材料拿到外文系，记得是 Mary Chen（金陵大学校长陈裕光的妹妹）和孙家琇两位教授帮我看的。之后我用打字机打出来，都是活页的材料，每逢学生上课要用，就复印出来发给他们。这项工作，在当时还算是个小小的创新，我自己也获益良多，是在明经老师指导下的一次值得怀念的合作。

我和明经老师的关系，就这样慢慢地从师生而成为好友。应当说，那段日子里和明经老师的合作和友谊是我金陵大学三年时间美好记忆的重要部分。

上面写的只是我在明经老师的指引和帮助下的一些合作经历。在那三年当中，我还从其他老师和老同学口中了解到许多明经老师为我国教育事业和金陵大学的发展所作出的贡献。当时的电影辅助教学还是一项刚刚起步的事情，在抗战时期及其前后的艰难岁月中，材料异常稀缺，尤其是电影胶片和冲洗剂等。明经老师和她夫人吕锦瑗教授走自力更生的道路，试验自制胶片和冲洗剂。

1937年，日本侵略军逼近南京，金陵大学准备迁往四川，明经老师和其他教职员工一道，在陈裕光校长领导下，经过十分艰辛的努力，将全校人员和物资安全转移到四川，并在短期内复课。

除金陵大学的教学工作以及开创影音辅助教学之外，明经老师还以他所专长的摄影技术为我国的社会、历史和民俗研究留下了宝贵的资料。尤其是，这一工作是在他强烈的爱国心驱使下进行的。1937年春夏，他在目睹日本军国主义者对我国的侵略野心日益疯狂，华北一带形势日益紧张，而军民的抗敌激情日益高涨的情况下，随当时教育部组织的考察团远到华北各省进行社会调查，亲眼见证了广大群众的艰苦生活和对当时政府能下决心抗击日军侵略的期待。他背着摄影机和照相机，冒着被日军飞机扫射的危险，拍下了大量珍贵的资料。在途中，他以给当时还是女友的吕锦瑗女士写信的方式记录下来这些经历。这总共25封信和珍贵的相片有幸没有在"文化大革命"期间被抄而保存下来，于

2003年由明经老师的子女收入《1937年：战云边上的猎影》一书得以出版，与公众见面，并成为电影学院等学校的教学资料。

1937年，孙明经指着卡车上遭日本飞机扫射留下的弹孔

除1937年的华北之行外，明经老师还在1939年（当时随金陵大学理学院在重庆任教）和1944年分别进行了两次社会调查，访问了今天已经取消建制的西康省，以电影和照片的方式记录了抗战时期边远贫困地区的社会面貌和人民生活。据说，这些电影胶片，还保存在文化部的电影资料馆里，大批照片则于2003年由其子女编辑出版了《1939年：走进西康》一书。

1939年，孙明经在康定跑马山上拍摄

　　最近，我高兴地看到，出自对自己父亲的怀念和对历史的责任感，明经老师的女儿孙建秋教授、儿子孙建和与孙建三经过多年艰辛的整理编辑工作，出版了《孙明经西康手记》（中国民族摄影艺术出版社）一书。书中收录了大量孙明经在考察途中的笔记和珍贵照片。这是一份难得的宝贵历史资料。

　　说到这里，应该指出：明经老师的这两次社会调查，绝不只是一个摄影爱好者或对社会调查感兴趣者的猎奇之行，而是一个对自己多难的祖国具有强烈的爱国心的人希望用自己的摄影机和文字描述来使祖国人民通过影像看到自己国家处于水深火热之中的真相：

那些"战云边上的猎影"。正如明经老师在第一次西康之行归来后在成都《中央日报》（1939年12月）上的一文《今日之西康》中所言：

此外尚有二点足以见重西康省：一，西康为汉藏之桥梁，如不建设西康，即无从经营西藏。二，西康有国际作用，因海道之输运既断，唯有借后方陆上之交通，西康可由正安、盐井经德钦入云南，又可自盐井、察隅至萨地亚而通印度达新加坡。

西康之重要既如上述，但并不能因此乐观，须知万事加一分努力，有一分收获，若徒然拥有丰富之矿与物产，而不加开采，不加改良，则虽遍地黄金无从享用。其次，今日经营西康，不能希望其立即收效，当抱长期苦斗之决心，脚踏实地，一步一步做去。而所需之大量技术人员，则有待于青年之踊跃投效。

短短两段文字，足见28岁的青年孙明经的拳拳爱国心。

今天，我们纪念孙明经先生，还必须提到他的同学、同事和夫人吕锦瑷教授。

锦瑷教授比明经老师小一岁，出生于1912年。1936年毕业于南京金陵女子文理学院化学系。上世纪30年代起，与明经老师共同在金陵大学影音部工作。

她除全力支持丈夫的影音教育外，在当时的艰苦条件下首先成功试制国产摄影胶片和感光材料等。她与丈夫一道，都是我国高等学校电影教育的开拓者和感光化学学科的奠基人。

孙明经和吕锦瑗共同备课

尤其值得一书的是，锦瑗教授还是我党抗日和革命事业的积极支持者。她的弟弟吕东滨，是早期的共产党员，东北大学的学生领袖。抗日战争爆发后，他回到山西老家，组织农民和学生参加游击战斗。行动初期，缺乏弹药，辗转求助姐姐。锦瑗同志利用她的化学知识和工作中的便利，为弟弟和他的同志们提供土制黑色炸药的配方，支持了我党领导的抗日游击战争。东滨同志在战斗中牺牲时，年仅32岁。锦瑷同志因在"国统区"工作，忍痛保守机密，照顾老母，坚持教学工作。新中国成立后，她调北京电影学院任教，继续为我国电影教育事业作贡献，荣获"优秀教师代表"称号和"新中国电影教育开拓奖"。2000年去世。

1981年，孙明经教授在北京作学术报告

1952年金陵大学停办，改组为南京大学。明经教授调到中央电影学院工作。然而，在1957年的政治运动中，他受到了不公正的待遇，从此开始了一段坎坷的生活，直到"文化大革命"结束三年之后，他才得到彻底平反，恢复了教学工作。明经老师焕发了新的学术青春，要把"文化大革命"期间耽误了的十多年时间补回来。他整理出40万字的《国外电影参考资料》，介绍新的电影技术信息和世界各国电影教育课程设置情况。他作了一系列含金量高、信息密集的前沿学术报告。他晚年回顾自己的经历时说："我一生办了三件事：从影、从教、从文。"其实，他应当说："我一生只做了一件事：爱国。"

孙明经老师离开我们已经24年了，然而，曾经与他相识、共事或受过他的教育和引导的人，却仍然怀念着这位富有创新精神和自力更生胆识的教育家、摄影家、影音教育的开创者和爱国者。

悼
瑞源老友 [1]

又一知交舍我去，
半生臭九半生香。
宝岛立业二十载，
自栽芭蕉补缺粮。
"文化革命"牛棚住，
改革开放志得张。
农业建设开新路，
培训人员内外忙。
允公允能永记心，
校友活动拼命郎。
而今一朝归乐土，
来年待我聚天堂。

---

1 何瑞源，南开中学校友。曾任海南省中国热带作物学院教师、农业部外
   事翻译室主任、北京农业大学教授。

忆
素我大姐

　　1978年10月底，我受命开始在电视节目中讲授英语。每天都要收到观众和听众的来信。因数量太大，中央电视台安排了两位同志专门负责接收和拆看这些来信，并整理出需要在节目中解答的共同问题，供我备课参考。也有不少信件是直接寄到北京外国语大学信箱转给我的。

　　有一天，我收到一封信，上面写着"陈琳同志亲启"字样。我打开一看，两页纸布满端正秀丽的蝇头小楷，而且信纸的天地两侧都不留边白。我连忙先看第二页最后的来信者是谁。我惊喜地看到，签名处写着"张素我敬启"。

　　为什么惊喜呢？

　　那是因为，这位1951年就结识的老朋友，已经断了音讯十多年了。

在这封热情洋溢的信中，素我大姐写道：

我初调到外经贸大学任教后，还曾在一些学术会议上与你见面，但已不如同在北外时能朝夕相处了。而到"文化大革命"时，同为"臭老九"，自顾不暇，更不敢互通音信。彼此不知命运如何。"文化大革命"结束后，一时也未敢贸然联系。今天，在中央电视台的英语教学节目中偶然看到了你的身影，真是喜出望外。而且这个节目的出现，说明我们国家恢复了对外语学习的重视，对我们这些英语老师来说也是极大的安慰。今天写这信给你，就是希望能在"文化大革命"之后的新的春天重温我们旧日的友谊和美好时光，继续为外语教学作出新的努力。

我在看到信的当晚，就给她写了回信，抬头是"亲爱的素我大姐"。

素我大姐1951年来北京外国语学校（北京外国语大学前身）任教，得以成为同事。她一到学校，就受到师生们的欢迎和敬爱。这一方面固然是因为她温文尔雅，和蔼可亲，教书认真负责；另一方面，大家都知道她是为新中国的成立作出重要贡献的原国民党高级将领张治中先生的女儿。

1990年，张素我在张治中将军100周年诞辰纪念会上发言

　　素我教授1915年4月出生于安徽省巢县。自幼受到父亲的爱家、爱乡、爱国的教育。她记得最深的一件幼年时期的故事是，她大约十来岁时，张治中将军已是东征军总指挥部航空局局长兼航校校长。一次，父亲带着女儿出游，途中在路边一家饭店吃午餐，要了两样菜和一盘馒头。她吃馒头把皮剥了。当时因饭店里人多，父亲没有说什么。但走出店门后，父亲叫她在路边站住，问她："刚才你做了什么错事吗？"她不知所措，看着父亲回答不出来。治中将军一字一句地对她说："粮食是农民辛辛苦苦种的，得来非常不易。你怎么能随便地浪费呢？"这次教育，对她日后的为

人影响很大。她是家中长女，从此她以这样的家风来帮助弟弟妹妹。治中将军自己是穷孩子出身，当过学徒，靠卖力气挣点钱才上了学。他不仅要求子女要生活简朴，而且教导他们要能吃大苦、担大难，勇于面对生活中可能遇到的艰辛。他常用"咬口生姜喝口醋"的精神来要求子女要能忍辱负重。他夫人是位农家女，不识字，但识大体，与丈夫一起教育子女要能过苦日子才能有朝一日为大众做事。她常对子女说："新一年，旧一年，缝缝补补又三年。"父亲和母亲的这两句口头禅指引了素我大姐一生的道路。

治中将军自小未能好好上学，这使他一生特别关心教育。他在生活和工作有了一些进展后，就以自己本不多的积蓄在家乡办了一所学校。1935年他送长女素我去英国留学，嘱她选教育学。1937年抗日战争全面爆发，他飞函给女儿，嘱她立即回国，投身抗日洪流，安排她回家乡担任自己所办乡村学校的校长。1938年，时任湖南省政府主席的治中将军主办湖南地方干部行政学校及其下属的妇女训练班。作为治中将军的女儿，素我大姐主动带头参加此学习班，深入到最艰苦的穷乡僻壤和农村妇女一起生活劳动，并帮助她们读书认字，更新观念，参加抗日救亡工作，如缝纫、救护、卫生工作等。作为一个高级官吏的女儿，素我大姐践行了父亲"咬口生姜喝口醋"的教导，为全民抗日献出了自己的青春年华。

思念集

1999 年，张素我
摄于延安张治中
将军居住过的小
屋前

　　此后，素我大姐追随父亲到处奔波，在抗日战争的
国共合作时期和1946年以后蒋介石内战阴谋中，协助父
亲做了许多统一战线的工作。1949年，治中将军决定留
在北平参与新中国的建立大业时，素我大姐和她的母亲
住在上海，由我党安排接她们一家从上海回到北平。

　　素我大姐自1951年到2009年退休的近60年中先后
在北京外国语大学和对外经贸大学从事教学工作，并参
与教材编写，还以她的特殊身份为我国的统一战线工作
作出重大贡献。她曾任国民党革命委员会中央监察委员
会副主席、全国政协委员和常委、全国妇联副主席、欧
美同学会副会长等重要职务。

1980年，邓颖超
与张素我合影

　　素我大姐的小妹妹张素久，也是一位知名人士。
她先在清华大学建筑系进行二年专科学习，后在哈尔
滨工业大学毕业，曾任教于天津大学。1982年被公派
到美国从事科研，后到硅谷工作。她的丈夫和子女也
先后前往美国。他们一家虽已在美定居，但出于爱国
之心，积极参与洛杉矶侨社的各种活动，担任华侨社
团的领导职务。2003年她带领我的儿子陈东（洛杉矶
市律师）等多人共同发起成立美中华人联合会，任第
一届会长（陈东任秘书长）。她虽已年过80，但仍通过
美中华人联合会等组织，为在美国的大陆和台湾华侨
组织活动，并为推动祖国统一大业作出贡献。张素久
女士于2002年被聘担任北京海外联谊会理事，后任中
国侨联顾问。

正如本文一开始所提到的，素我大姐在1978年写给我的那封感人的信之后，我们恢复了正常的友谊交往。在多次北外同学会组织的逢年过节的联谊叙旧活动中，我们不时见面。尤其是，我们近十位曾在北外工作的老同事，包括加拿大籍的伊莎白·柯鲁克同志等，常在一起举办家庭聚会，大家回忆往事，共颂今日的美好生活，每次都要举杯祝素我大姐健康长寿。

　　2011年11月，素我大姐以96岁的高龄离我们而去。今天，2016年11月2日，我们纪念她逝世5周年。她的名字，已载入新中国的史册。她将永远活在爱她的人们心中。

念
艾培

今年（2017年）是国际知名新闻工作者、对中国人民的革命和建设事业作出重要贡献的老朋友伊斯雷尔·爱泼斯坦（Israel Epstein）来到中国100周年纪念。

1917年，艾培（Eppy，这是我们中国朋友给他的爱称）作为无国籍的犹太人为逃避沙皇俄国对波兰犹太人的迫害，随父母来到哈尔滨定居。他的父母是国际犹太人进步组织犹太劳动同盟的成员，从小给予艾培左翼思想的影响。

艾培4岁时随家迁到天津，在西方传教士办的公费学校上学。15岁毕业后，因家境贫寒无力上大学，进入天津的俄文《晨报》做杂务工作。次年，1931年，转入《京津泰晤士报》，从此开始了他一生从事的新闻工作。

年轻时的
爱泼斯坦

　　爱泼斯坦的光辉的一生，应该说在中国是遍为人知的。我在此不准备详述，但要记录他90岁生涯中的几个里程碑式的事件。

　　1933年，艾培结识了埃德加·斯诺，应邀为他所著《远东前线》一书写译介。这是艾培为进步文字所写的第一篇正式文章，那时他才18岁。他与斯诺的相识和交往，可以说是他为左派进步事业奋斗一生的"萌芽"时期。斯诺在访问了延安回到天津后，曾经把他所写的《红星照耀中国》的手稿以及他在延安等地采访我党领导同志和各地群众艰苦奋斗情况的照片拿给艾培看，使艾培间接地初步了解到中国革命力量的面貌。这对艾培决心参加到中国人民的革命斗争中起了极大的推动作用。1937年7月，卢沟桥事变后，斯诺出自对艾培的信任，委托他护送邓颖超等我党同志安全离开天津去往延安。关于他与斯诺的关系，艾培曾说过："没有他，我就不会投入到时代的潮流中去……没有他，我以后生活的全部道路也可能会是完全不同的。"

第二个里程碑发生在1938年。那年7月份，艾培在广州参加了民众的抗日大游行，第一次见到了他仰慕已久的宋庆龄同志。他参与了由宋庆龄创建的保卫中国同盟广州分会的筹建工作，并从此建立了毕生的友谊。在他写的关于这次游行活动的报道中，他曾说："她不仅使全城民众受到鼓舞，而且我能同她会面也成为我以后一生的生活和活动的分水岭。"四十多年后，宋庆龄离世前，指定艾培担任她的传记的撰稿人。

第三件事，是1939年艾培应宋庆龄之邀担任"保盟"刊物《新闻通讯》英文版的编辑，并且应我党驻广州代表廖承志同志之嘱，参加毛泽东主席《论持久战》一书英文版的出版工作以及我党一些重要文件的翻译和出版。这是艾培正式参与并长期负责我党的英文新闻出版工作的开始。艾培曾参与对外英文刊物《中国建设》（后改名为《今日中国》）的创刊工作，后担任总编辑。他撰写的有关中国历史和人民革命斗争的著作包括《人民之战》（1939）、《中国未完成的革命》

（1947）、《从鸦片战争到解放》（1956）、《西藏的转变》（1983）以及《宋庆龄——二十世纪的伟大女性》（1992）等。他还先后担任《毛泽东选集》和《邓小平文选》英译本的定稿工作。同时，他还是社会活动家，除曾负责中国国际友人研究会、中国福利会等团体的领导工作外，还曾担任多届全国政协常委。

　　第四件事，也许是艾培一生的里程碑中最重大的事件，就是1944年5月艾培作为美国《联合劳动新闻》《纽约时报》和《时代》等报刊的驻华记者，参加了中外记者参观团，到延安、山西等解放区采访。他访问了毛泽东、朱德、周恩来、叶剑英等中国领导人，并且深入各地老百姓中，了解他们的思想与生活。他所写的报导后在西方许多国家的报刊上发表。他还受宋庆龄委托，与毛泽东、周恩来等讨论保卫中国同盟如何为抗日根据地提供援助等问题。在那期间，延安新华社用手摇发电机在窑洞里向全世界发出的第一条英文新闻稿就是请爱泼斯坦改写并定稿的。他从延安发出的通讯后在印度编辑成书出版发行，对世界了解我国边区情况提供了重要的信息。在晋西北抗日根据地采访时的一张相片里，他穿了一套八路军军服，背着武装带，扎着裤腿，光脚穿一双草鞋，手里还拿着一根马鞭子，满脸得意。这张相片已经流传中外，是他年轻时最自傲的一张相片。关于他一生中的这段日子，他说："就像回到家里一样""延安，使人感到未来的中国已经在今天出现。"

1944 年，爱泼斯坦在晋西北抗日根据地

　　第五个具有里程碑意义的事件，是艾培于1957年加入中国国籍、1964年加入中国共产党，以及1985年在前妻邱茉莉病逝后娶了一位中国妻子——与他共事四十多年的黄浣碧女士。浣碧女士一方面出于共事多年而对艾培的革命精神产生的敬慕，一方面也是对时已70岁高龄的艾培的照顾。从这一点上说，我们这些艾培的老友对浣碧女士是心存感激的。

1998年，爱泼斯坦和黄浣碧夫妇（前排中、左）在香港

　　第六件事，2004年，也就是艾培逝世的前一年，他写完了他的自传著作*My China Eye: Memoirs of a Jew and a Journalist*，中译本名为《见证中国——爱泼斯坦回忆录》。在这本自传中，艾培从自己的家世写起，按编年顺序记录了自己难忘的一生。其中，以专门的一章写在香港和宋庆龄同志的相识与共事；以三章共31页的篇幅叙述对革命圣地延安的访问。此外，如大家所知，爱泼斯坦与当时还在世的夫人邱茉莉一起，都曾在"文化大革命"中以外国间谍的罪名被"四人帮"分子关监狱达五年之久。在他的传记中，也有两章述及狱中生活。但是，来自曾遭俄国沙皇迫害的波兰，又是曾遭希特勒追杀的犹太人，加上他对

一个国家的革命和建设进程中会出现种种问题的理解，他对此事是持一种谅解的态度的。在记述他们出狱后的生活时，他写道："事实上，我们的生活很快就恢复了正常。我们俩都没有因为蹲了几年监狱而心怀怨恨。在写给国外朋友的信中，我们一如既往，热情地赞扬新中国的建设成就。"

在这本自传的最后，艾培深情地写道：

我的回忆录在这里就结束了——就目前而言。

在以后十年里——如果我能活这么长的话——我也许还会写一段"尾声"。如果活不到这么长，那我的这一工作就算完成了。

2003 年 11 月

* * * * * * *

在1949年前，我还是一个刚刚毕业的大学生，未曾有缘与爱泼斯坦同志相识。1952年，《中国建设》英文本创刊。我应在外文出版社工作的一位朋友之邀，去参加了庆祝活动。在会上，爱泼斯坦讲了话，我也第一次见识了他。但因为工作性质的不同，那一时期，我并没有机会与他有很多接触。记得是1965年，《中国建设》杂志社为庆祝他五十岁寿辰，搞了一个小型招待会，我去参加了。这次见面，我首次同艾培作了比较亲切的谈话，可以算作日后逐渐成为老朋友的开始。

但是，很巧合而有必要一提的是，在这以前，我的两位亲人都曾与爱泼斯坦在不同的场合有所接触。

一件事是带有一点戏剧性的。

新中国成立后，我的哥哥陈忠经先后任国务院对外文化联络局副局长和对外文化联络委员会秘书长。1951年爱泼斯坦自美国回到中国，负责《中国建设》杂志的编辑出版工作。在一次由陈忠经主持的有关对外文化联络工作的会议上，爱泼斯坦见到陈忠经，突然回忆起一件事。1944年中外记者参观团被国民党允许去参观延安途中，他们被安排先经过西安。当时西安是由蒋介石亲信胡宗南一手掌握的反共堡垒。反动当局为了给记者团先"灌输"一些诋毁共产党的言论，专门为他们安排了一次反共青年集会。当时，我哥哥陈忠经是我党打入国民党高层的地下党员，任所谓"三民主义青年团"陕西省支团书记。因此这次反共青年大会的主讲人就是他。而近十年之后，艾培万万没有想到却是陈忠经在新中国的首都北京主持了这次重要会议。会议结束后，陈忠经专门请爱泼斯坦留下来，两人共同回忆起当年西安的一幕，都开怀地笑了一大阵。后来，当艾培知道了我是陈忠经的弟弟之后，还曾与我提起过此事，并在他的自传中有所记述。

另一件也有些巧合的事是，1937年抗日战争全面爆发后，开始了国共合作时期。在《见证中国——爱泼斯坦回忆录》一书中，艾培有这样一段记载：

由于同国民党达成了建立统一战线的协议，共产党向南京派了一个常驻代表团。我第一次见到了它的公开的代表……我在去采访这些真实的红军长征战士们之前，总以为他们是一些表情严峻的老军人，经过十年的残酷斗争而变得疲惫和坚强，很可能难以交谈。出乎意料，接待我的是一位清瘦的、个儿高高的、戴着眼镜的知识分子，穿着像学生那样的蓝色制服，年纪并不比一般大学毕业生大很多，能讲英语和俄语……他们是什么人呢？那位文职人员自我介绍说是秦邦宪（亦名博古）。他曾任西北苏维埃政府主席……

这件事，在我和艾培成为比较亲密的朋友后曾经提起过。我告诉他，他见到的那位共产党代表团的年轻人秦邦宪，就是我的妻舅（即我夫人的舅舅。我夫人的母亲是秦邦宪的妹妹，名秦邦范）。

听到这个故事后，艾培说了一句英美人常用的话："It's a small world, isn't it?"（世界真小，不是吗？相当于汉语中的"人生何处不相逢"。）

* * * * * * *

　　我和艾培更亲密的接触，甚至可以说是共事，一是1978年我被任命为中央电视台和中央人民广播电台主办的英语讲座课程的主讲人。这个每周七天、每天早中晚三次向全国播放的英语课，可不像我在北京外国语学院教书那样，出点小差错可就是大事，尤其是所教内容上。当时"文化大革命"结束不到两年，还存在着许多遗留下来的意识形态上的"禁区"。而且我还负责编写教材，自编自教（共四册，每册供一学期用，全部课程共两年）。我心中没底，除向学校党委领导请示指导外，决定去找艾培请教。他非常热情地告诉我，现在开始改革开放了，社会上需要用一些英语，因此这种课程与大学里的课完全不同，主要应帮助观众和听众学会一些日常口语，而且内容要结合他们学习和工作中的需要，可千万不能讲许多语法理论大道理。我听了很受启发。他还说，语言脱离不了文化，由于观众和听众慢慢会同西方人有一些接触的需要，也应介绍一些西方习俗等。他还说，既然是电视广播同时播放，必须使这些课程有趣，结合生活实际。不能干巴巴地讲道理，甚至还可以教唱一些英语歌曲、诗歌等等。我倒是一向喜欢唱英语歌曲，嗓子也还将就。我就问他选些什么歌呢？艾培想了想，说在目前形势下，还是以英美进步歌曲为好。当年曾经观看和收听过我这个节目的人们当会记得，我首先在电视里教的英语歌是《国际歌》，还有美国工人歌曲《乔·希尔》、国际纵队支援西班牙人民抗击弗朗哥统治时的歌曲《亚拉玛》以及美国黑人歌王罗伯逊唱的《老人河》等进步歌曲。

另一项与艾培接触较多的工作就是，我参加了《毛泽东选集》（第5卷）的英译工作。当时，艾培因为工作太忙，没有正式作为翻译组成员参加，但他曾担任过《毛泽东选集》1—4卷英译本的定稿工作，因此我在那两年的工作时期也常常私下里去和他探讨翻译中的许多问题。他总是十分热情地提供帮助。

1987 年，作者与爱泼斯坦合影

我同艾培一起工作时间最长、而且意义也很大的一项工作，是在21世纪。2001年，北京获得第29届奥林匹克运动会的举办权；2002年，北京市政府决定成立"北京市民讲外语活动组委会"，其任务就是要通过多种方式提高北京市各界人士的外语水平，主要是希望大家都有一定的外语交流能力。同时，这一活动的重要内容之一，就是要改进并且提高全市公共场所双语标识（包括路牌等）的英译质量。北京市政府聘请我担任这个组委会的专家顾问团团长。我当时觉得此项工作很重要，怕自己担当不起，就向市政府建议聘请一两位知名人士担任顾问团的荣誉团长。市政府和市外办同意我的意见。我经过考虑，建议请我所熟悉的两位大师级人物季羡林教授和爱泼斯坦担任。我陪同市政府领导去拜访了两位大师。他们都欣然同意我们的邀请（笔者注：请参见本书《忆季羡林师》一文）。爱泼斯坦同志以其新闻记者的身份，一向十分关注我国对外宣传中的汉译英文字的质量问题。早在上世纪90年代，他就发表过《略谈当前对外报道》（1990）、《评说外文广告》（1993）、《关于改进外宣品译文的意见》（1994）等文章，提出恳切意见。因此，当我们邀请他担任北京市政府"北京市民讲外语活动组委会"专家顾问团名誉团长时，他不仅欣然接受，而且认为工作非常重要，正是他多年来所关心的事情。其后，我接长不短到他家里去汇报工作，他都要详细地询问工程进展，尤其是它是否"起了实效"。因为不时有些朋友会将一些错译的公共场所标识告诉给他听。例如，将公园里小河桥头上提醒游人过河小心的标识"小心落水"译成 Carefully fall into water（小小心心地掉到水里）等等。

原北京市副市长张矛（左）与市政府外事办公室副主任刘洋拜会爱泼斯坦夫妇

关于这一工作，在我和艾培聊天时，他总是很开心。这也是我和艾培最后的工作接触了。那以后，他和夫人黄浣碧搬到了紫竹院附近的美林花园小区，离我们家比较近。我们逢年过节，或有时陪同北京市政府的同志们，都要去看望他们老两口儿。那段时间里，他行动已不方便，要坐轮椅方能出门，因此我也多半是到他们家里去聊聊天。除谈谈中外新闻外，谈得较多的还是英语，还有一些不同语言中的文化问题。例如，他提到过我们北京外国语大学外语教学与研究出版社上世纪末出版的《汉英词典》。首先，他夸赞了这本词典出得好，出得及时，满足了改革开放中中国人学习和使用英语的需要。总的来说，编得很好，译词和译文都很达意。但是，还是存在一个如何使英语译文更地道、更能融合英语文化的问题。例如，他注意到该词典中将"入乡随俗"除译为Wherever you are, follow local customs.外，还加了When in Rome, do as the Romans do.这一成语，这就很好。但这样的例子不多。他又举例说，"机不可失，失不再来"，词典中只说明为Don't let slip an opportunity, as it may never come again. 以及Opportunity knocks only once. 但还可以加上英美人常用的简单三个词：Now or never。这些日常聊天，对我这个一辈子搞英语工作的人是极有益处的。可以说，艾培是我真正的、无价的师友。当然，这个师友教给我的更多的是他作为一位全心全意为人民服务的革命者的品质。

爱泼斯坦与夫人
黄浣碧在《爱泼
斯坦新闻作品选》
一书上给作者的
题词

　　2005年4月20日，我们参加了在人民大会堂举行
的爱泼斯坦九十岁寿辰的庆祝大会。然而不久后，艾
培就生病住院。我在5月25日最后一次去看他，还为他
带去了一个大花篮。但那时他已昏迷，我附在他耳边
同他说了几句话，并告诉他我哥哥、他的老友陈忠经
也嘱我转告希望他早日恢复健康。

　　第二天（2005年5月26日）下午，得知他已经在
上午永远离开了他为之奋斗终生的中国人民和世界上
爱好和平的人们。

　　在我无限痛心之余，我相信，他在自传最后所说
希望多活几年能写出的"尾声"，虽然没能如愿，但正

在由他所热爱而也热爱他的全体中国人民为他继续写着。这个"尾声"将与艾培90年的光辉生涯一样，是一个充满激情、奋斗终生、心向太阳、永信英特纳雄耐尔就一定要实现的"尾声"。

怀念
大卫·柯鲁克

　　每年的11月1日又来临了。这一天，是中国人民的老朋友，大卫·柯鲁克离我们而去的日子。

　　我们十几位中外老朋友陪同大卫的夫人、101岁高龄的伊莎白来到位于北京外国语大学东院校园一处绿树环绕的大卫半身铜像前，与远去十六年的老友再共聚一下。

　　伊莎白和她的二儿子柯马凯带来了两瓶当年他们的亲人爱喝的酒，十几个小杯子，放在了铜像面前。只见伊莎白掏出了一方白手帕，轻柔地用左手扶着大卫的头，右脚踏上旁边的一条花园长椅的一头。还没等到大家尖声齐喊"小心！"时，她已经站到了椅子上。这时才有个站在近边的人跑过去扶住她。

　　伊莎白先将白手帕放在嘴上亲吻了一下，然后就轻轻地慢慢擦去了大卫头上和脸上肯定会有的一些尘土，脸上泛着动人的亲情。这时，带着手机的几个人纷纷对好镜头拍下了这个感人的场景。而后，大家把伊莎白小心翼翼地扶下来，坐到了长椅靠近大卫的一头，才松了一口气。接着，柯马凯为每个人斟上一小杯酒，大家举杯向大卫默默致意。我一向是"滴酒不沾"的，就按照中国民间的习俗，把酒洒在了大卫铜像的座前。

伊莎白在擦拭柯鲁克的铜像

　　几个岁数更长一点的人就在铜像两边的长椅上分别坐下，其余人站在后排，请路边走过的好心人拍了一张集体照，留作纪念。

伊莎白与老朋友
陈琳和王家湘在
柯鲁克铜像前

那么，大卫·柯鲁克是怎样的一个人？我们为什么在北京外国语大学校园里树立了他的铜像？

大卫于1910年生于伦敦。他的祖辈原是波兰犹太人，因逃避沙皇当局的宗教迫害，移居英国。他父亲曾经营皮货生意，起初还小有收益，但在1921年的萧条年月里破产。这使大卫十五岁时就辍学做工。

1926年英国工人大罢工运动时，大卫在亲戚办的一个工厂工作。他的父母为了他能逐渐步入中产阶级的行列，设法送他到伦敦技工学院学习，并安排他到巴黎学习法语。

思念集

那时，大卫梦想着有朝一日能成为一个富翁，以报答父母养育之恩，并能有钱支持犹太复国运动。因此，他设法远渡重洋，只身去到美国。但是，如他在自传中所说，"我选择的时间大大错了。我在1929年10月开始的美国股票大跌之前6个月来到美国。"

大卫不得不在一个最底层的毛皮工厂干活，处理臭得使人窒息的生毛皮，每周挣15块钱。

当时正值美国大萧条，满街的乞丐和排队等候发放免费面包的长长的队伍，使得大卫开始接触进步书籍，阅读有关"工人阶级的天堂"的苏联的报道。他以勤工俭学的方式考入哥伦比亚大学，并成为学生运动的积极分子。在那里，他对共产主义的认识和兴趣大为增长。为了将自己对共产主义的理论认识和革命实践联系起来，他到肯塔基州的哈兰支持那里的煤矿工人罢工运动，并遭到当局的审讯和驱赶。

1935年，他从哥大毕业，回到英国加入了英国共产党，为一位工党议员干秘书工作，同时参加了一个左翼学生刊物的编辑事务。

1936年，西班牙的佛朗哥发起军事政变，企图推翻民主选举产生的左翼共和国政府，施行法西斯统治。大卫以他国际主义者的良心到西班牙参加了国际纵队，与西班牙人民共同奋战，正好赶上著名的保卫亚拉玛山谷的战斗。这也就是日后在世界各国的进步人士和广大群众中流传的《亚拉玛》一歌所歌颂的。它的第一节的英、汉语歌词是：

There's a valley in Spain called Jarama.
It's a place that we all know so well.
It was there that we gave of our manhood,
And so many of our brave comrades fell.

西班牙有个山谷叫亚拉玛，
人们都在怀念着它。
多少个同志倒在山下，
亚拉玛开遍鲜花。

但不幸的是，大卫在参加战斗的第一天就腿股部两处中弹，被送到马德里的一家白求恩所在的医院养伤。养伤期间，他从白求恩那里借到一本《西行漫记》，对中国革命发生兴趣，敬仰中国共产党领导的革命斗争，了解到红军两万五千里长征的英雄壮举和延安红色根据地的情况。这本书奠定了大卫日后数十年对中国共产党和它所领导的人民革命、解放斗争的敬慕和热情。他通过多种途径了解了中国共产党在延安的抗日活动和建立人民革命政权的斗争。

不久后，大卫在医院里被苏联情报机关招募参加工作。在培训期间，他在进步电台上以英语向英国老百姓广播西班牙战况，其间认识了许多西方进步记者，包括美国左翼作家海明威（Ernest Hemingway，《老人与海》及其后关于西班牙战争的《战地钟声》的作者）。伤愈之后，他重返前线，在一次敌军的猛烈进攻中活了下来，被派到国际纵队军官训练营工作。

1938年苏联情报机构将大卫派到上海工作，安排他在当时的圣约翰大学任西方文学教师。但实际上，这是他的情报工作的掩护。但不久苏联情报机构解除了他的工作。

此时，作为一名共产党员，大卫决定离开上海，到中国的大后方，接近投身抗日战争的中国人民。他于1940年来到四川成都，在华西大学任教。在这段时间里，他接触到一些具有社会主义信仰的西方传教士，共同研讨中国革命的历史。这样，他结识了日后成为他妻子的一位加拿大传教士的女儿伊莎白（Isabel Brown）。

这期间，在大卫和伊莎白的共同战斗生涯中的一个插曲，也可看出大卫对中国共产党和它的两万五千里长征的感情：1941年大卫邀约伊莎白一起到红军长征途中进行过激烈战斗的大渡河。在那里，他们站立在泸定桥头，眼望着横跨大河的铁索桥下奔腾的浪花，大卫向伊莎白提出了订婚的请求。在那个中国革命圣地，大卫·柯鲁克和伊莎白·布朗举行了他们的红色订婚仪式。

1941年6月，希特勒进攻苏联。虽在刚刚订婚后的幸福日子中，但大卫决定要回到英国，参加反法西斯的斗争。他重新回到英共的组织并志愿参加了英国皇家空军，被分配到情报部门，专门搜集日本方面的军事情报，共三年之久。这期间，大卫和伊莎白在伦敦结了婚。之后，伊莎白报名参加了驻欧洲的加拿大女子军团。

1945年，第二次世界大战结束。大卫到伦敦大学继续学习，同时从事英共的活动。

1947年是大卫和伊莎白一生中的另一个重大转折点：两人持英共介绍信，在中国共产党的邀请下，一起来到了中国河北太行山下的解放区十里店村，调研正在进行中的土地改革工作。这一重要经历日后被写进了他们夫妇共同执笔的几部著作中：《十里店：中国一个村庄的革命》《十里店：中国一个村庄的群众运动》等。

1948年，在全国解放即将来临、中国人民自己的国家和政府即将建立之际，党中央决定在河北省南海山成立外国语学校，培养日后需要的外交和外语人才。为此，由叶剑英同志代表党中央邀请他们俩担任英语教师。经过慎重的考虑，基于国际主义精神，在征得英共领导同意后，他们决定留下来任教。按照原计划，他们应在中国待18个月。但是，对大卫来说，他在中国待了53年，而伊莎白至今还在北京外国语大学担任顾问，继续发挥余热并安享晚年。共产主义对他们来说，是不分国籍的。

1947年，大卫·柯鲁克在太行山下

我同大卫和伊莎白相识、共事并结成同志和好友是从1949年开始的。大卫和伊莎白这对革命夫妻对世界共产主义事业，尤其是中国人民的革命斗争所作出的贡献是大家已经耳熟能详的。今天，在我们为大卫的忌日而相聚纪念之时，我只想从我在与他们共同工作和生活相处中所记忆犹新的一些往事中，审视一下大卫和伊莎白的革命情怀和为人处事。

伊莎白（右一）在十里店期间与其他共产党工作人员一起吃饭，左前第三人为李棣华同志，后任北京外国语学院副院长

　　这对革命夫妻的三个孩子柯鲁（Carl）、马凯（Michael）和鸿冈（Paul）都是在北京诞生的。我还记得1950年秋天发生的一件事。在西苑的外国语学校是利用清朝时慈禧太后的御林军营房的三栋旧楼做校址的。因为条件简陋，没有礼堂或较大的教室，有些学生较多的课不得不在广场上讲授。一次，学生们用小马扎围坐一圈，中间立着一个老式麦克风。当时已经怀孕的伊莎白走到近前，刚刚用手一扶那个麦克风的铁立柱，立刻后仰，一个跟斗倒在了泥地上。大家一阵恐慌，围上去探视情况。一个女工作人员赶紧给伊莎白"掐人中"，让

她苏醒过来。很快，伊莎白慢慢抬起头，说："I'm all right"，并挣扎着站起身来。众人要扶她进屋休息，她坚持说："I'm OK. I can go on with the class. It's just a shock."工作人员早已将电拉了闸，就搬了一张椅子让她坐下。学生们都把小马扎向中心挪动，靠她近些。她就开始讲课了。很快，学校派车拉她到协和医院检查。幸好对胎儿没有造成伤害。但是，学校上上下下都为这件事担心，会不会因为这个电击使腹中的孩子生下来有什么畸形呢？大家都不约而同地对伊莎白这位即将做母亲的外国同志倍加关心。那时蔬菜不多，学校里几位从老区来的女同志发挥自力更生精神，在学校的一些空地种些萝卜、青菜，专门拿给伊莎白吃。伊莎白坚持教学工作一直到临产的前一天。当大家从电话里听说伊莎白生下来一个白白胖胖的、一点儿没有缺胳膊少脚趾的大儿子时，才松了一口气。这对都是共产主义者的父母，决定给儿子取名"卡尔"（英文是Carl，不同于德文的Karl），以纪念马克思主义的创始人。

一个外国孩子出生在新中国首都北京，这在学校里也是一桩大事。好似Carl是学校全体人员的孩子一样。而卡尔也长得特别好玩，几个月后，就长得很像父亲。我记得，我时常抱着他到校园里晒太阳，把他放在背上，两腿跨肩，像骑马一样，他很喜欢这样的活动，我也似乎十分骄傲。

另有一件事也可以看出大卫和伊莎白作为革命伴侣相濡以沫的感情和坚持原则的关系。

在建国初期，由于还没有许多西方国家的党员朋友在我国工作，又考虑到大卫和伊莎白二人是由我们与英国共产党正式协议留在中国工作的，因此，学校党组织按照上级党委的指示，安排大卫和伊莎白二人与我学校英语系的党小组一起过组织生活，并参加中国教职员工的政治学习。对这一安排，他们二人感到非常幸福和快慰，觉得我们党把他们完全视为自己人。因此，他们在党小组会和政治学习时，也完全像中国同志一样，积极参加讨论国家大事、政治生活以及学校里的重大事情，并提出自己的观点。我至今清晰地记得，在有一次讨论会上，主题是如何发挥党外人士的作用，如何更有力地做好统战工作。大卫提出，我国中央人民政府主席一职，完全可以推选宋庆龄同志来担任。他说，宋庆龄继孙中山先生之后为中国革命的胜利做了许多工作，团结了许多外国友人投身到支持中国人民革命斗争的事业中来，在中国人民中也享有崇高的威望。请她担任国家主席，必能大大提高中国的国际地位，争取到更多的友情支持。然而，就在会议上，伊莎白就提出了不同的意见。她认为一个共产党领导的社会主义国家的领导人当然必须由久经考验的党的主要领导人来担任，并且直接批评她的丈夫有小资产阶级情调。两个人在会上各自坚持自己的观点。我记得，多年之后，在宋庆龄同志晚年时，我国政府授予宋庆龄同志国家名誉主席的荣誉称号，并在她临终前完成了她多年来提出的加入中国共产党的愿望。为此，大卫和伊莎白都感到十分欣慰。据他们的孩子告诉我，平日在家中，他们的父母在有关国际问题和中国国内的一些重大问题上有不同的见解时，也都会进行讨论，切磋琢磨，有时也会热烈争辩，但从来不面红耳赤。

进入50年代后期，西方共产党陆续有党员到我国工作，逐渐建立了自己的党组织，也定期一起过组织生活。从那时起，他们二人也就不再参加中国同志的党小组和政治生活讨论了。我记得，他们二人还曾为此闹过好一阵情绪。

大卫在政治生活和日常生活中属于那种"择善固执"的人，但同时，他又是在知晓了自己的错误时勇于自我批评的人。在他的自传《从汉普斯泰德荒原到天安门》（写成于1993年，但未出版）中，他记述了当年在河北省解放区南海山的外事人员培训班教英语时的两件事。

其中一件，他写道：

当伊莎白和我开始在南海山教书时，我们同时也准备将我们在土改中获得的资料整理成一本书。可是，在中国农村生活中，"个人生活"（privacy）是谈不到的。学生们可以在一天的任何时间完全不客气地闯进我们的房间来问问题。我的关于土地改革文章的思路常常被"who和whom的区别"打断了。为此我很恼火（英文原文是I found it maddening）。于是，我就写了一张纸条贴在我们房间的门上："上午是上课时间，欢迎来提问。但下午是我们的写作时间，请勿打扰。"这件事引起了批评：一个解放区的教师是应当"全心全意"地为学生服务的。后来，我们把那张纸条撕了下来。

大卫是一个非常幽默的人，听他打趣说笑话是我们的一大享受。而且这些笑话常常是他在课堂上结合学习内容而发的。

他特别重视对学生讲解西方文化习俗，因为学习语言和了解文化是分不开的。尤其是将来做外事工作的人，更需要丰富这方面的理解。至今我还清晰地记得他所讲的一个有关西方习俗的笑话。有一次，他讲解英语中的euphemism（委婉语）的重要性。他说，有一次一位英国外宾来中国参观访问，由一位年轻英语翻译陪同他参观一个工厂。由于地方很大，他们花了很长时间走了许多车间、机房等。忽然，这位外宾想上厕所，他就对那位翻译用委婉语说："Excuse me, but I'd like to go somewhere."

我们这位翻译为了表示我们对外公开的政策，不对外国友人隐藏什么，就一片好心地对他说："Oh sure. You can go anywhere. We have nothing to hide."（您去哪儿都行，我们没什么可遮遮掩掩的。）弄得那位外宾十分尴尬，而且还不敢笑出声来。

1994 年 5 月，柯鲁克夫妇在北京外国语大学校门口

　　说起大卫和伊莎白二人与中国和中国人民的关系，一件重大的事情是不能不提的，那就是大卫在中国的"文化大革命"中被革命造反派指控是"外国特务"而抓起来，在北京的秦城监狱度过整整五年的时光；伊莎白被"校内拘留"了三年半。直到1973年，他们才在

周恩来总理的关怀和干预下，与其他许多被错误对待的外国朋友一起被释放出狱。六个星期后，三月八日，周总理离开病房，在人民大会堂宴请了他们，并代表党中央和国务院向他们公开道歉。

关于之后的事，我曾在1995年出版的《柯鲁克夫妇在中国》一书中写过一篇短文，现在把它转载于此：

仲秋往事

记得那是1972年秋天。

我从驻北外的8341部队一个干部那里听说，因为柯鲁克"身体不好"，准备让他回到学校家里来休养。

说这话的时候，柯鲁克同志已经在"四人帮"的监狱里度过了五个年头。

那天下午，是教学小组的政治学习时间。当时伊莎白同志已经被解除了"群众监督"（其实是拘留），恢复了教学工作。大约到3点钟，伊莎白请假提前离开，因为那是一个月一次可以探视柯鲁克的日子。她走到走廊时，我跟了出去，向她说，"替我问大卫好。事情有转机。"我希望她能了解其中的含意。伊莎白显得有些惊讶不解，因为在那之前从来没有人敢和她提起过这些事。

过了约四个月，柯鲁克同志被释放回家。8341部队的负责人向大家宣布，这是因为他"身体不好"对他

161

的照顾。但大家心里明白，肯定是"上面"有了话，否则是不可能的。

柯鲁克同志回家的第二天，1973年1月27日，我和两三个"顾虑"少一点的老师去家里看望他们俩。我们坐定之后，柯鲁克沉静地说："我在中国的监狱里待了长长的五年，日子是漫长的，现在看起来可能是结束了；当然，我还不敢肯定。假如说我对这件事有什么遗憾的话，那就是，我没有能工作，我没有能教书——五年白白地过去了。但是，对我个人来说，这五年时间是一个非常难得的自我反省的机会。我还从来没有这样的闲暇来回顾自己的过去。我是一个知识分子出身的人，有许多固有的缺陷需要改造。这五年中，我常常忆起我如何从英国到了美国，希望找到一个黄金铺地的乐土。然而，残酷的现实把我一步一步引上了马克思主义的道路，而这条路最终把我带到了中国。是的，五年的监狱生活对我是不轻松的。许多事使我困惑不解。但是，当我问自己，是否后悔来到中国并且定居了下来时，我的回答始终是明确的：我不后悔。无论发生过什么事，无论我曾被投入怎样的困境，我从不后悔来到中国。倘若能够给我机会，我仍然要像过去一样为中国的教育事业献出一份力量。其实，我这五年也并没白过——我利用这个机会最认真地学习了四册《毛泽东选集》。"

我现在已不记得我听了柯鲁克同志这段自白之后说了些什么。但我清楚地记得，我是被他的话深深地触动了。我在"文化大革命"中受到的不公正待遇远比柯鲁克少得多，然而，一段时间里，我是有许多怨气和愤懑的。在那件事以后的二十多年中，在周恩来同志代表党和政府向所有在"文化大革命"中受委屈的外国朋友表示歉意并为他们平反之后，我也从来没有听到柯鲁克或者伊莎白有过一句怨言，只是间或用幽默的口吻一语带过而已。近五十年的相交使我深深感受到，这一对老人，虽说是金发碧眼，却已经把自己最完全、最充分地融合在中国人民之中了。他们无论是对中国人民生活中取得的进步而充满激情和欢欣，还是对当今中国还存在的丑恶和不公表示愤懑和痛恨，他们都是从中国人民的角度来和我们分享这些的，而不是局外人。在他们的胸膛中跳动的是中国人民的心，或者说，是两个真正的国际主义者的心。

　　写到此，让我们再回到本文一开始所描述的今年11月1日我们在大卫铜像前聚会一事。在铜像石座正面，镌刻着几行纪念文字。那是按照大卫去世七年前（1993年）留下的遗嘱中所表达的愿望而写定的：

大卫·柯鲁克

（1910—2000）

英国人　犹太人　共产党人

中国人民的朋友

是的，大卫·柯鲁克就是这样的一个人。

（原载《中华读书报》2017 年 2 月 15 日第 17 版）

纪念
索尔·艾德勒

Sol Adler, a soulful friend

Sol Adler was an old friend of the Chinese people and to our senior Party and government leaders, including Chairman Mao Zedong, Premier Zhou Enlai and many others. Ever since WWII, when he was working in the US embassy to China in Chongqing, he was sympathetic with the Chinese people's fight for national independence and democracy. He worked selflessly and conscientiously for and made great contributions to the cause of the Chinese people for liberation and socialist construction.

Sol Adler was born on Aug 6, 1909, in England. When

he was young he pursued truth and social progress. He came to work in China during the Chinese people's War of Resistance Against the Japanese Invasion. He witnessed the heroic struggles of the Chinese people and also the corruption of KMT's government, and was against its policy of suppressing the Communist-led forces. He showed great concern for and deep sympathy with the cause of the Chinese people's struggle for independence and democracy under the leadership of the Communist Party of China.

Sol Adler, as well as two other friends of China, Jack Service and Frank Coe, confronted the Joseph McCarthy persecution. So Sol left the US to stay in the UK. During this period, he visited China many times and in various ways introduced New China to the outside world. His book *The Chinese Economy* in 1957 won worldwide acclaim. In 1962, when the Chinese people were facing great difficulties at home and abroad, Sol Adler resolutely decided to come and settle in China.

He said, "I have come to settle in China for three reasons: First, I have all along had great trust and confidence in the Chinese people and their leaders;

second, I have all along had unshakable faith in the cause of socialism; and third, I hope to stay in China for as long as possible and work for world peace and the friendship between the Chinese people and the peoples of the world. I want to devote my whole life to the cause of socialism."

During the 1960s and 1970s, both Mao and Zhou showed personal concern for Sol's life and work in China. Many times Party and government leaders met with him and discussed matters of domestic and international importance with him and consulted his ideas and suggestions. In the early 1980s Sol was invited to serve as adviser to the Development Research Center of the State Council of China, the Ministry of Foreign Trade and Economic Cooperation, and the Institute of World Economics and Politics of the Chinese Academy of Social Sciences. Though he was not in very good health, he made conscientious efforts to carry on investigations and research into China's economic situation and world affairs and put forward valuable suggestions to the Party and the government.

Since China's opening-up to the outside world, Sol showed great enthusiasm and delight for the progress and achievements in the country's socialist construction. At the same time he felt pained about the many distressing matters, particularly the corruption of some government officials and the widening gap between the rich and the people of lower income. Many times, even during his days in hospital, he talked about such things to friends and government officials who went to visit him at his bedside.

One of Sol's many contributions to China and the Chinese people was his work on the English translation of our Party and government documents, including *The Selected Works of Mao Zedong*. With his deep political understanding, fine language accomplishment, strong sense of responsibility and rigorous academic approach, he made a great contribution to the translation work for this country.

As a matter of fact, it was during the time when I had the great honor and pleasure of working with Sol on the translation of Mao's works that I came to understand the noble qualities of Sol. In this short article, I'd like to say something about my personal respect and love for Sol as an old friend and pupil of his. I say a pupil not in the sense that Sol was an English teacher of mine, although I did learn a lot from him about what is beautiful in the English language during the days we spent together, working or talking at leisure or playing bridge. To me Sol was and will always remain a shining example of a man of high morality, a man of cultivation, a man of integrity. I shall feel forever honored to have been a pupil of Sol's.

Sol always felt that as a foreigner he should not involve himself too personally in China's internal affairs. However, during the days of the Cultural Revolution, Sol and his wife Pat made full use of their special position to protect a number of children of their old friends, including children of leading Party and government officials who were persecuted by the Gang of Four.

One incident more than 30 years ago remains fresh in my mind even to this day. It was in 1976 when Beijing's people poured into the streets to celebrate the downfall of the Gang of Four and the conclusion of the Cultural Revolution. As Pat was then teaching at Beiwai, Sol decided to join Beiwai's procession in the parade. That morning my wife and I went to their place to walk with them to Wangfujing to join the others.

Both Sol and Pat were in the highest of spirits. Sol put on his favorite hat adorned with a few colored feathers. Sol took his bamboo walking stick and marched with us not far behind the banner of our school. That day he laughed and talked and shouted slogans in his not so perfect Chinese with all the others in the ranks and cracked jokes that were typical of him. He was immersed in the happiness of the whole Chinese people.

During the many years Sol and I were friends, one of the greatest "treats" on my part was to hear him talk about past events. These events, ever since the Chongqing days in the 1940s, have always been interwoven with the cause of the struggles of the Chinese people. He talked about how Kong Xiangxi, Chiang Kai-shek's finance minister and brother-in-law, invited him to dinner and tried to make him drunk with Maotai in order to coax some secrets out of him, and how he enjoyed Kong's Maotai and yet stayed sober. He talked about his contacts with our Party leaders, Mao and Zhou and others.

Many times I suggested that he should sit down and write his memoirs. But his answer was always clear and definite: "No, I will not." He said, "It is true that I remember many things of the past, and many of them are not known to others. However, when one reminisces about the past, particularly about things that are closely connected with the cause of the Chinese revolution and some of its important leaders, one cannot but pass judgment; for reminiscences themselves would be a kind of judgment. Yet, it is for the Chinese people and later historians to pass judgment on so great a cause of the Chinese people, not an insignificant person and foreigner like me."

Now that Sol has not been with us for 15 years, I can only say with great regret that many valuable historical records of the cause of the Chinese revolution are forever buried with Sol, not at all an insignificant person and foreigner, but a great revolutionary and a true friend of the Chinese people.

Dear Sol, we shall always remember you.

（原载《中国日报》2009 年 9 月 5 日第 4 版，有增补）

171

在艾德勒同志追思会上的讲话

在加拿大多伦多出差时听到了索尔去世的消息。在悲痛之余稍感安慰的是，我离开北京的前一天去医院看望了他。当时我曾盼望回京时还能再见到他。但这已是不可能了。

关于索尔对中国人民的革命事业作出的贡献，前面讲话的同志已谈了许多。我只能作为一个多年的朋友和学生，向索尔在天的英灵说几句心里的话。我说作为学生，倒不是说他是我的英语老师，尽管在我们一同参加《毛泽东选集》的翻译工作时我从他那里学到许多英语的奇妙之处。更主要的是，索尔的品格、修养和为人是我终生的榜样。我将永远以曾是他的学生为荣。

索尔总是认为，作为一个外国人，他可能不应涉足中国的国内事务。但是，近二十年前的一件事我至今记忆犹新。那是在1976年秋，北京市民涌向街头，游行欢庆"四人帮"倒台和"文化大革命"结束。由于索尔的夫人帕特当时在北京外国语学院任教，索尔参加了北外的游行队伍。那天一早我们先到他们家里，接他们一起到王府井参加游行队伍。索尔和帕特都兴高采烈。索尔戴着他最喜欢的饰有彩色羽毛的礼帽（我们常得意地说这种帽子在全北京只有我和索尔各有一顶），拿着他用了多年的竹手杖，走在北外校旗后面不远处。索尔不是一个长得很好看的人，但他笑起来是非常甜的。那天他在游行队伍里满面春风，谈笑风生，用他并不太好的中国话同大家一起喊口号，始终开怀地和同行的朋友们说一些他特有的玩笑话：完全浸沉在中国人民的欢乐和喜庆中了。

1976年，陈琳、王家湘夫妇与艾德勒同志合影

在我同索尔的多年交往中，我认为是"享受"之一的，就是听他谈论往事。这些往事，从四十年代的重庆时期起，就和中国人民的革命斗争交织在一起。他谈到当年孔祥熙如何请他吃饭，灌他喝酒，想套他的话，他都如何始终保持清醒。他更谈到和周恩来同志、宋庆龄同志等的交往。我曾多次建议他写回忆录。

但他的回答始终是明确而坚持的：他不写。他说："的确，我记得许多过去的事情，而且许多事情是没有别人知道的。但是，在记述往事的时候，尤其是涉及中国人民革命斗争的事业和它的重要领导人时，就不能不作出评价和判断；因为写回忆录本身就是一种评价和判断。这些事，是需要由中国人民和历史家来做的，不是我这样一个微不足道的人来做的。"如今，索尔离开我们了。我只能深深惋惜地说，许多有关中国人民革命斗争的可贵资料和记述，已随着索尔——一位远不是微不足道的人的离去而长埋地下了。

记得几年前有一次，准备一起出去，索尔打开衣柜给我看他的二三十条领带。他要我选一条，要送给我。我说我已有的领带也用不完，先留在你这里。这次回到北京，我去看望帕特，我提出要索尔当年许诺给我的那条领带作为纪念。今天，我就是系着这条领带来参加我的朋友和老师的悼念座谈会的。我和我的夫人王家湘，与帕特以及所有索尔的同志和朋友一起，将永远记忆和怀念索尔——中国人民忠实的朋友。

1994 年 8 月 28 日

纪念帕特·艾德勒

索尔·艾德勒同志的夫人帕特（Pat）1926年11月出生于英国一个产业工人家庭。她在40年代上大学时接受共产主义思想的培育，加入了英国共产党，参加抗击德国的战争活动。战后曾到欧洲大陆教授英语。

索尔与
夫人帕特合影

60年代初来到中国，与索尔·艾德勒同志相识并结为夫妻。先后在外交学院、新华通讯社及北京外国语大学工作。在北外工作期间，除从事教学工作外，长期参与大学本科教材的编写工作。2006年，她根据多年教授英语写作课程的经验及资料，编写出版了《容易用错的词》一书，受到英语学习者的广泛欢迎。她是《中国日报》（*China Daily*）的长期读者，并经常对提高该报的英语质量提出宝贵建议，受到报社的欢迎。

帕特·艾德勒教授朴实正直的品格、严谨认真的工作和乐于助人的精神得到大学师生的广泛赞誉。她为教书育人事业作出了卓越贡献。

帕特同志因病于2015年12月以89岁的高龄在北京逝世。她在遗嘱中将她与丈夫索尔同志生前保存的中国古典家具及唐三彩饰品等遗物全部拍卖，得款数千万人民币，全部捐赠给中国红十字会等慈善机构，支持我国的扶贫工作。

In memory of Pat Adler

Sol's wife, Pat Adler, was born in November 1926 in a working class family in London. When at college in the early 1940s, she joined the British Communist Party and took an active part in voluntary work to help fight the German Nazis. After WWII, she taught English in schools and colleges in various countries on the Continent. She came to China in the early 1960s where she met with Sol and the two became good friends for the same political belief and eventually married. She taught English at the China Foreign Affairs University and then worked for a short time at the Xinhua News Agency as an editor and language polisher before she was invited to teach English at Beijing Foreign Studies University as a full-time professor. For many years, while teaching in the classroom, she helped compile textbooks for various courses. In this work she offered valuable and constant help to her young colleagues.

In 2006, based on her experience in teaching and the material she had collected over the years, she wrote and published the book *Words often Wrongly Used*, which was widely used by teachers and students. She was a long-time reader of the English newspaper *China Daily* and often provided suggestions to help improve the language quality of the paper.

Pat's humble and yet upright character, her meticulous and precise work-style and constant readiness to help, won deep appreciation from her colleagues and students.

Pat died of illness in December 2015 at the age of 89 in Beijing. In her dictated will and that of her late husband Sol Adler, she donated all the antique furniture and Tang tricolour horses and other ornaments, which amounted to tens of millions of RMB, to the China Red Cross Association and other charity organizations to support China's aid-the-poor project.

China Daily and I
— In memory of my old friends at the paper

My contact with *China Daily* started with the days of Liu Zunqi (刘尊棋), Jiang Muyue (江牧岳) and Feng Xiliang (冯锡良), when they were entrusted with the huge task of setting up the first national English language newspaper in this country.

From left to right: Jiang Muyue, Liu Zunqi, FengXiliang

Whenever I think of these old friends at *China Daily*, there cannot but be a touch of sadness. We began to know each other in the late 1970s or early 1980s, and I have served as an adviser first to the paper and then to its educational supplement *The English Education Weekly* until today. But during the past almost 40 years, I have paid my last respects to all these three old friends of mine, plus Chen Li who joined *China Daily* later, at Babaoshan Cemetery one after another.

First there was Liu Zunqi (1911–1993). Talking about him, I must say that he was a kind of legendary figure. During the 62 years of his revolutionary life from 1931 to 1993, Liu joined or re-joined the Communist Party three times and was expelled from it two times. Of course he died as a Party member and his Party standing was considered to be 62 years. In May 1931, only four months after he joined the Party, because of the betrayal of another member, he was arrested by the KMT and put in prison. Two years later, in 1933, because of the help of the China League for Civil Rights, he was released. But the KMT authorities fabricated a so-called statement in Liu's name saying that he had voluntarily withdrawn from the Communist Party and for this he was deprived of his Party membership. However, Liu continued his revolutionary work and in September 1949 he was reinstated as a member of the Party after his case was cleared. But Liu was expelled again from the Party in 1958 during the Anti-rightist Movement, capped as a rightist and sent to do farm work in Beidahuang. During the years after that he was put in prison at various places. It was only after the conclusion of the Cultural Revolution that his case was cleared and he was set free and had his Party membership reinstated again in 1978.

After that he was assigned to different journalistic positions until in 1979 he, together with the few others who I mentioned earlier, was given the task of setting up a national English language newspaper. I remember one day in early 1980 the president's office of my university (Beijing Foreign Studies University) forwarded to me a letter from Liu Zunqi and Feng Xiliang. At that time I did not know Liu Zunqi but I did know Feng Xiliang. From 1976 to early 1978, Feng and I worked together in the translation group for the English version of Book 5 of the *Selected Works of Mao Zedong*. Of course Xiliang was my boss for he was the leader of the group and also secretary of the Party group. In the letter Liu and Feng said that they would like to meet me and consult me with the plan of starting a major newspaper in English in China. So I called Feng and told him that I did not know much about journalism although I did work as a freelance reporter for the *Xinmin News* run by Madame Deng Jixing during the late 1940s in Chengdu when I was a college student there. But he said it was something concerning English, not journalism.

A few days later the three of us met. What they wanted to consult me was about the title of the new paper, or rather the translation of it. They said that the title in Chinese had been decided, which was *Zhong Guo Ri Bao* (《中国日报》), and the English version would be *China Daily*. My first reaction was that it sounded too Chinese-like. I said since it would be a paper mainly for foreign readers, it could be called something like the *London Times* or *New York Times*. So I suggested *Beijing Times*. They said that it wouldn't sound like a national newspaper, but promised to consider my suggestion and report to the leadership.

Two weeks later Feng called again and told me that the four of them (Liu, Feng, Jiang Muyue and

Zheng Defang, the latter two being also members of the pioneering group) had put their heads together and reported the matter to the higher authorities and said that since the title of the paper in Chinese had been decided the only possible translation in English would be China Daily.

I must confess that over the past nearly 40 years I have come to like this English title more and more, with the deepening of my love for the paper.

In early 1981, soon after I came back from a short visit to the United Sates, I was shown some of the trial, or pilot issues of *China Daily*. I told Liu Zunqi and Feng very frankly that they looked too much like a translation of *People's Daily* (《人民日报》), and that there was lots of Chinglish. Liu and Feng wouldn't agree with me, saying that when reporting about Chinese matters it would be difficult to get away from some "Chinese English". Perhaps they were right.

I remember it was the Children's Day of that year, 1981, that *China Daily* was officially launched. I was overwhelmed with joy that after more than thirty years since the founding of the People's Republic of China we now had a national English language newspaper of our own. However, with the full understanding that *China Daily* should be an organ of our Party and the government, I still believed that it should be more "critical", and perhaps, more "independent". So I wrote a letter to the editorial board then headed by Liu Zunqi, with Feng as his deputy. In the letter I suggested that as long as we remain within the framework of the Four Cardinal Principles, we should be, to put it in a nutshell, more "liberal", in order to attract more readers.

Soon after that I was off to the United States for another visit. I brought back with me two thick books, which I bought at a used-book store, for the then very small library, or "reference room", of the paper. One was a biography of Walter Lippman and the other that of James Reston, two renowned newspaper columnists of the United States. On the inside front cover of one of the books (maybe both, I don't remember clearly now) I wrote: "We must one day have our own columnists like Lippman and Reston."

One day after that, Feng called and said, very sweetly, "Yes, I agree with you. One day we should have our own columnists. But they should be columnists of a paper of a socialist country."

I am happy to see that we now have our special columns on the Opinion Page of the paper, apart from the editorials, written by our own columnists for "a paper of a socialist country".

During the years from 1978 to the mid-eighties I was teaching English on a national programme sponsored by CCTV and CCRTVU (China Central Radio & Television University). As soon as it started publication, *China Daily* supported this project in various ways, helping to publicize and promote it. During that time I was also invited to serve as adviser to the Sino-British English Training Centre, which had two campuses in Beijing and Wuhan respectively. Again *China Daily* supported it. It carried the series of articles I wrote to report about the progress and achievements of the Centre.

Another highlight in my experience with *China Daily* was the promotion of the Beijing English Corner, at the city's Purple Bamboo Park near Xizhimen. It was held every Sunday morning jointly sponsored by Beijing Foreign Studies University and *China Daily*. I still have the April 18, 1988 issue of the paper with a picture of the celebration of the third anniversary of the Corner in the park. I was speaking in front of the microphone, with Feng Xiliang, Chen Hui, Zhu Yinghuang and others from *China Daily* applauding.

Chen Lin with Feng, Chen, Zhu and English-lovers at the English Corner

Here I must say that of all the four pioneering editors of *China Daily*, I know Feng Xiliang best. Feng was born in Wuxi, Jiangsu province, on the first of December 1920. He passed away in 2006, at the age of 86. He graduated from Saint John's University of Shanghai in 1943. After that he went to the US and got his master's degree at the School of Journalism in the University of Missouri. He then studied at Columbia

University in New York for his PhD degree. But he returned to his native country soon after the founding of the People's Republic of China in October 1949. For his mastery of the English language and his rich knowledge in international matters and experience in journalism, he was appointed to work successively at the International Information Bureau under the State Council, and the English magazines *People's China* and *Beijing Weekly*. He was sent to work in Hong Kong for the publication of *Window of Hong Kong* and *South China Morning Post*. Because of his extraordinary work and his belief in communism, he was accepted as a Party member in 1956. He worked as finalizing translator of such important documents as the Constitution of China, and the Basic Law for the Hong Kong Special Administrative Region. And it was during the two years when I worked under his leadership for the translation of the *Selected Works of Mao Zedong* that I learned most from him, not only in the art of translation but more importantly, in the devotion to revolutionary work. And Feng was a man of an innovative and pioneering mind. In 1985, as editor-in-chief of *China Daily*, he helped to launch the satellite transmission for simultaneous printing of *China*

Daily in the US. It was the first such system in China.
Feng's contributions were not only deeply appreciated by
people in the journalistic circles of this country, but also
known and well respected in other countries. In April 1984,
Feng was honoured by his alma mater with the Missouri
Honor Medal for Distinguished Service in Journalism.

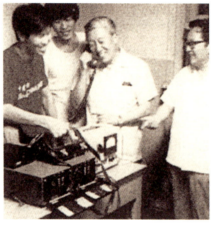

Feng Xiliang trying the
satellite transmission for
simultaneous printing in
1985

Then came Chen Li (陈砾) who succeeded Feng as
editor-in-chief of *China Daily*. Chen was my Chongqing
Nankai Middle School alumnus but we didn't know
each other there as I was quite a few years his senior. He
is known and remembered not only because of his work
in journalism but also because he was the youngest
son of Chen Bulei, the long-time secretary of Jiang

Jieshi, or Chiang Kai-shek. Chen Bulei killed himself before Jiang's withdrawal to Taiwan from Nanjing because of his total disillusionment of the KMT rule. When Chen Li was young, he was mainly educated by his mother who was an educator. However, the one family member of Chen Li who influenced him most was his second elder sister Chen Lian. When she was a student at the National Southwestern Associated University in Kunming she took part in progressive student movement and later joined the Communist Party. In his autobiographic book *My Little Second Sister – the Guide on My Way to Revolution*, Chen Li wrote about the influence his sister gave him during the turmoil years before 1949. In 1952, Chen Li joined the Communist Party and started his work as a newspaper reporter. The next year, in 1953, he was sent to cover the cease-fire negotiation of the Korean War. For his good work he won the merit citation.

One of Chen Li's contributions to *China Daily* during his tenure of office as editor-in-chief was to launch the *21st Century Weekly*, an English newspaper mainly for young English learners. I was invited to sit on the rostrum at the inauguration and make a speech, in which I described the weekly as "an open classroom without walls for all English learners".

Chen Li

In the year 1994 Chen Li invited me, a long-time advisor to *China Daily*, to be a member of the paper's Academic Title Appraisal Committee. Among the candidates for promotion there was one very promising young lady. I supported her strongly to be promoted more than one rank at one time to be a senior editor – the equivalent of a full professor. This lady was later made a deputy editor-in-chief. Until now I still feel proud for having helped to choose an able leader for *China Daily*.

As I said before, the *21st Century Weekly*, which Chen Li helped to launch, was a good paper, informative and suited to the interest and needs of young people. It was supposed to serve as a transition for young English learners before their English was good enough to read the "big paper" — *China Daily*. However, after a couple of years of its publication, the English language in the *Weekly* became more and more difficult for young readers. Deeply concerned about this, I suggested to Mr Zhu Yinhuang who had succeeded Chen Li as editor-in-chief, that they should publish a series of English-learning papers for students of different levels. Zhu readily accepted my suggestion but asked me to "give him time". However, it didn't take him long to launch the complete 21st Century series — the *TEENS Senior Edition* for senior high students, the *TEENS Junior Edition* for junior high students, the *Kids Edition* for schoolchildren, with the *21st Century Weekly* mainly for college students and teachers.

One minor event in my relationship with *China Daily* was a rather amusing but memorable one. In 1982,

China Daily celebrated her first anniversary. At that time a Miss Katherine Flower from the UK was helping with the broadcasting of the British English-learning TV programme *Follow Me*, and I had been presenting the CCTV Radio & TV English programme for some time. So we got acquainted and eventually became good friends. For the celebration of *China Daily*'s birthday and to help publicize it, the editorial board suggested that Katherine and I could help them with a TV ad. So the two of us appeared in a CCTV ad in which we sat at a breakfast table reading *China Daily*. We raised our heads and said to the audience, smilingly: "Let's read *China Daily* DAILY!" We thought it was very clever and enjoyed it.

However, the very next day I was summoned to the office of the Party secretary of my university. He severely criticized me for having "damaged the image and dignity" of a university professor by appearing in a TV ad for a "commercial purpose".

I had to ask the leadership of *China Daily* for help. So Mr Lou Qing, then the deputy Party secretary of the paper and formerly the Party secretary of Beijing Foreign Language School, the predecessor of my university, wrote a personal letter to my university Party secretary explaining that I was an advisor to the paper and that it was their request that I should help them with the publicity of the paper, and I did not receive any payment for that. It was not until then that I was cleared of the "scandal".

Katherine Flower and Chen Lin in a CCTV ad

I have been a loyal friend and a devoted reader of *China Daily* since the very first issue, no, since the first trial issue. I am happy to see that the paper has developed into not only a truthful and trustworthy organ of our Party but also an important and effective support in the economic construction and social development work of the government. The *China Daily* CEO Roundtable, as an NGO event, is playing a very important role in promoting understanding and developing cooperation on an international scale. As a long-time educator, I am also happy to see that *China Daily* has made and is making great contributions in promoting foreign language education in this country in a variety of forms — publishing different editions of the 21st Century series for learners of different levels, sponsoring English speech and debating contests and sending the winners abroad for further training, and organizing symposiums on ELT, to name just a few.

Concluding this article, I'd like to take the opportunity to express my sincere wishes and unshakable belief that *China Daily*, under the leadership of her past and present presidents and editor-in-chiefs, with the growth of the comprehensive national strength of the country and on the basis of her already noteworthy achievements, will one day grow to be a most influential newspaper in the world.

怀念我的哥哥陈忠经，
并忆"后三杰"

在曾经是解放战争后期中共中央驻地的河北省西柏坡，有一个我党情报工作的展览馆，其中整整一面墙的第一块展框里悬挂着三个青年才俊的照片，旁边写着这样一段话：

二十五万敌军将闪击延安

抗日战争初期，陈忠经、熊向晖、申健受党组织派遣，先后打入胡宗南部的核心部位，获取了大量有价值的军政战略情报。

1947年，蒋介石撕破"和谈"的假面具，命令胡宗南向延安发动全面进攻。熊向晖及时获取了敌人进攻延安的兵力部署及配备测向仪等重要情报，为党中央决定撤离延安，转战陕北发挥了重要作用。陈忠经、熊向晖、申健三人曾被周恩来称为我党情报保卫战线上的"后三杰"。

"后三杰"中的陈忠经，就是我的哥哥（图中左第一人）

打入胡宗南内部的共产党员

不幸的是，哥哥忠经已于2014年7月13日离开了他为之奋斗终生的祖国和人民。他的两位多年生死与共的战友，也早已在他之前去世。

哥哥忠经长我七岁，1915年12月生于江苏扬州，幼年时即随家迁到北京（当时称北平）。中学就读于北平著名的师大附中，同学中有先后参加革命工作的老同志郑天翔、刘玉柱、乔培新、王光杰（王光美同志之兄）等。因痛恨日本人侵略东三省，国民党又搞

"不抵抗主义"，忠经曾在1932年与一个同学一道离家去山海关，找东北军投笔从戎，但被婉拒，愤而写了一篇抗日救国的文章，投到天津《大公报》，得到发表。回到学校后，被选为学生会主席。1934年夏，忠经考进北京大学，入经济系读书。

在北大，忠经连任两届校学生会主席，其间参与领导"一二·九"运动。当时一起从事进步学生运动的有朱穆之（当时名朱仲龙）、袁宝华、刘玉柱等同志。1936年2月，21岁的忠经参加了党的外围组织"社联"。（后经中央组织部批准，忠经"参加革命"从1936年算起。）

1937年夏，七七事变爆发，日本侵略者占领了北平。忠经于8月离开北平，经天津南下，辗转来到湖南长沙，进入由北大、清华、南开三所大学组成的"长沙临时大学"，又担任了学生会主席。

在这里，忠经进一步靠近了党组织。当时长沙临大有位名叫许焕国的学生，虽比我哥哥低两级，但已是一名共产党员。两人一起从事进步活动，成为知交。许也成了忠经在革命道路上的引路人之一。后来，许曾在西安与忠经共同工作了一段时间，后转任其他工作。（新中国成立后，许改名徐晃，曾先后在公安战线和外交战线工作。因积劳成疾，逝世在驻秘鲁大使任上。关于这位战友，忠经在他1999年所写的《西安忆往》一书中，有这样一段话："许焕国（徐晃）同志……是我的一位长相思念的同志，……是一个政治上强、很有头脑、很有才华的人。我永远深深敬慕他、怀念他。主要还不是别的方面，而是由于他虽然在陕西西安时间不长，但他是我们共同战斗过的西安这个小小战场的开辟者之一。现在人们常常说这个人或那个人过去在西安有过那么一点功劳，而往往忽略许焕国。我以为，不能忘掉他。"）

1937年12月，日寇飞机轰炸长沙，临时大学的校舍被夷为平地。临大当局决定迁往昆明建校（即日后的西南联合大学）。这对包括忠经在内的学生来说，就面临一个何去何从的问题。

在这抉择关头，忠经与许焕国二人认为大敌当前，读书已非首要任务。正在此时，国民党胡宗南的第一军刚刚从淞沪会战撤下，损失极为惨重，急需补充兵员。胡宗南派人到长沙，要招收一批大学生去协助部队从事战地服务。党组织指示在长沙的大学生中的秘密党员伺机到胡宗南部队去，许焕国便奉命行事。忠经认为许是他与党的联系人，故决定与许同行。这样，二人未与大多数临大学生一道去昆明，而是同几十个人一起，由胡宗南部队的人把他们组织成"湖南青年战地服务团"。

上文提到的被周恩来同志称为我党情报工作"后三杰"的另一位成员熊向晖（当时名熊汇荃）作为清华

大学学生当时也在长沙临大，也参加了上述的战地服务团。但那时，他和忠经两人完全不曾预料到以后会同在西安并成为我党地下工作中生死与共的战友。

胡宗南在武汉会见了这个战地服务团的成员，之后服务团随胡的部队到了陕西。在武汉时（1938年初），忠经、许焕国和服务团部分成员还到武汉大学聆听周恩来同志的时事报告（当时是抗战中的国共合作时期）。

胡宗南是蒋介石的一名干将，非常注重延揽人才，以便培养出一个由干练的、有才能的青年人组成的亲信班底为他的政治目的服务。正是这样的计划，为党的地下力量打入其阵营开了方便之门。"后三杰"的另一名成员申健（当时名申振民）是西安临时大学（原北平师范大学）的学生，也参加到了服务团中来。

从1938年到1940年，可以说是"后三杰"在党组织的安排指引下，逐渐一步步深入胡宗南周围开展地下秘密工作的关键时期。为了能够更直接地获得党中央领导的指示，忠经于1939年秋借赴重庆探亲之名（当时我们父母住在重庆），秘密到八路军驻渝办事处见到了董必武同志（当时周恩来同志不在）。他向董老谈了自己在西安工作的情况，并向党请示。董老以"不入虎穴，焉得虎子"八个字指明了忠经和他的战友日后工作的方向——打入胡宗南部的核心，开展党的秘密情报工作。

忠经回到西安后，于1940年春由当时领导西安地区我党地下工作的曾三同志（新中国成立后曾任中央办公厅副主任等职）主持秘密完成入党手续。

这样，"后三杰"深深打入了胡宗南势力内部：忠经担任"三民主义青年团"陕西省支团书记，胡宗南又委任他为国民党陕西省党部执行委员；申健成了"三青团"西京分团书记，胡委派申以此身份参加"特联组"（陕西省国民党特务组织的联合机构）的工作，因而他得以获得胡宗南大量反共特务活动的情报；熊向晖则当上了胡宗南的机要秘书和侍从副官，成了胡宗南的"身边人"。从1938年到1947年的9年当中，陈、熊、申三人各自在不同位置上获得了大量关于蒋介石的反共部署以及国民党政府政治、经济、内政各方面的重要情报，及时以秘密方式报送给党中央。

抗战胜利后，胡宗南为了进一步培养自己的势力，为以后做蒋介石的接班人建立班子，派陈、熊、申三人先后赴美国学习深造。他们将此事向中央汇报，周恩来同志说："胡宗南保荐他们去美国留学，中央同意，我们对美国了解不多，同美国打交道缺少经验。现在我们没有条件派自己的同志去美国留学，胡宗南代我们'培养'，得益的是我们。"三人在美留学期间，解放战争节节胜利，新中国的诞生指日可待。但意想不到的是，

1947年9月，我党情报机构在北平的地下电台遭到国民党特务破坏，许多党员被捕，并涉及在西安的我党秘密机构，忠经等三人的联系人也被捕。党中央担心忠经等人的安全，联系莫斯科通过苏联驻美大使馆秘密给予帮助。经过苏联政府的大力协助，忠经终于在1949年6月乘船离美到香港，经党组织安排于党的28岁生日（1949年7月1日）安全到达北京，回到祖国人民的怀抱。熊、申二位同志也先后回到祖国。周恩来总理在接见时赋予陈忠经、熊向晖、申健我党情报保卫战线"后三杰"的美名（注："前三杰"为李克农、钱壮飞、胡底三同志）。

把秘密文件饱览了一番

1949年之前，关于自己的秘密身份，哥哥忠经对父母及我们兄弟姊妹守口如瓶。自新中国成立后我们在北京重聚，直到晚年，他也一直是讳莫如深，很少谈及。这一方面可能是长期出生入死的地下情报工作所养成的谨慎习惯使然，另一方面也是因为当时的一些情况至今也还有必要保密吧。因此，在对忠经的怀念中，我只能将我作为一个弟弟的片段回忆以及后来了解到的不多的情况点滴记述。

作为兄弟，我很自然地从小就受到忠经的进步思想影响。忠经在北大担任学生会主席时，常在我们家里秘密召开活动分子会议，我曾替他们"把风"。1940年，忠经介绍我认识了时任我党组建的"全国学生联合会"主席郑代巩同志，由郑与我直接单线联系，加入了中华民族解放先锋队（简称"民先"）。除此之外，关于自己的真实身份和工作，亲兄弟之间，忠经也不曾吐露一字，哪怕是一点点暗示。在被送往美国学习前，他到南京探亲，很郑重地和我谈话，要我在他不在国内期间，"多关心照顾"我的嫂子和两个孩子，并说，"要是他们觉得孤零零住在西安不踏实，就把他们接到南京来。"我当时也未多想，几年后方明白了当时哥哥对弟弟的托付含意深长：做地下工作，肯定无时无刻不在准备着"出事"。事先就要有些考虑安排。后来，在他们三人真的"出事"之后，家人将我的嫂嫂和一儿一女接到南京，避开了胡宗南手下人可能的加害。

这里也不妨说说哥哥是如何利用我们父亲的地位来开展情报工作的。我们的父亲陈延晖，字养空，1949年前长期担任国民党高级将领徐永昌上将的幕僚。徐任国民政府军事委员会军令部部长期间，父亲任军令部少将衔主任秘书。1945年9月3日，在东京湾美国海军密苏里号战舰上举行日本无条件投降签字仪式，中国代表团团长为徐永昌上将，父亲担任代表团秘书长，得以见证了这一历史事件。父亲长期在国民党政府供职，但一向深恶国民党政权的腐败，心仪共产党。后于1949年2月脱离国民党政府，从香港到北京，回到人民怀抱。在此之前的许多年中，父亲多次陪同徐永昌从南京到西安与胡宗南会面。每逢此时，哥哥忠经必然以看望父亲和"徐伯伯"为名，到他们下榻的宾馆与父亲同住。这样做一方面是为了提高身价以巩固自己在胡系统中的地位，而更重要的是借此可以探听到一些蒋胡之间要商讨的事情。这是他可以刺探到高级机密情报的大好时机。我记得，1949年家人都到北京后，当时一切已"真相大白"，父子之间回忆往事，还曾开怀地谈道：有一次徐永昌到西安与胡宗南开会，父亲同往。哥哥借此机会把自己反锁在父亲的宾馆房间里，将桌上和抽屉里的一些机密文件痛痛快快饱览一番。不料徐与父亲回来得比预计稍早，父亲从外面推门不开。哥哥听到，赶快把文件放回原处，并且把父亲床上的被褥打散，假装自己刚刚小睡了片刻。

我们家先后住在重庆和南京期间，哥哥也不时回家"探亲"。每次都借父亲和他的上司徐永昌的关系并以胡宗南亲信的身份与国民党政权的一些上层人物交往，借以刺探情报。记得有一次（约是1947年初）他在胡宗南那里又升了什么官，回南京以我父亲的名义大大地请了一次客，拉拢了一批人。这些都是他情报工作的重要活动。

还有一件事也可以提一下：1947年春，熊向晖同志在南京结婚。为了更便于今后的情报工作，他邀请蒋经国作证婚人。同时，请了我作男傧相（当时我在南京金陵大学学习）。这件事在熊向晖所著《地下十二年与周恩来》一文中有所记载。由于蒋经国是证婚人，自然有不少政府要员来捧场。胡宗南也发来贺信，请他的驻南京办事处主任当场宣读。

从这些事例中，也可以看出要打入敌人心脏，从内部来捣毁它，是一个多么复杂的事情。要从各个方面来作出铺垫，从不同角度相互呼应，以保证中心任务的完成。

强醒三日守机密　独闯八办显忠诚

在敌人阵营中做情报工作，最重要的是要忠于信仰、忠于使命，而在战术上，也必须能做到临危不惧、当机立断。记得是1955年忠经40岁生日，举行家宴时，哥哥喝了点酒，一时乘着酒兴，给家人讲了一件十分惊险但又非常戏剧性的事。

在陈、熊、申三人于胡宗南阵营中"步步高升"、日益得到胡的赏识和重用之际，总有一些心怀嫉妒的国民党人员想方设法要抓这三个人的把柄。尤其是忠经，担任北京大学学生会主席并组织进步学运的往事广为人知，更为一些人怀疑，总想抓住机会把他除掉。

有一次，忠经离开西安到外县视察，在一个车站停车时，下车走动一下，只见站台上两个校级军官带领几十个荷枪实弹的士兵一字排开，一个军官说奉他们驻军团长之命，请忠经到团部有事相商。忠经早就听说过某位军人是蒋介石特务头子戴笠手下的人，一直在传播他和熊、申两人的坏话，"混进来的奸匪"云云。但迫于胡宗南对此三人的重用，不敢有什么动作。这次很可能想乘忠经单独外出之机，把他抓起来，甚至可能来个"先斩后奏"，然后假造出陈忠经到外县搞策反等等的莫须有"证据"报给胡宗南——若人已死，胡也将无可奈何。

　　紧急关头，忠经当机立断，向前迈了两步，抬手重重地扇了那个军官两个耳光，骂道："你想造反吗？"顺手从随行副官手里拿过皮包，掏出一张公文说："我是省党部执行委员，奉胡长官命令到各地视察党务。要肃清共产党在我们部队里的影响。你是干什么的？你是想阻碍我执行公务吗？你要造胡长官的反吗？你是不是共产党？"他的副官也已经把手放在了腰间的手枪上。这时，原站在旁边没有说话的另一个军官给忠经敬了一个礼，把那军官推到后面说："长官别误会，我们也是奉团长之命来请陈委员到团部里休息一下。要是您忙着公事，我们不敢多耽误您的时间，请上车，请上车。"忠经向那第一个军官骂道："混蛋，混蛋！"

转头向他的副官说，"我们走！回去向胡长官报告，要他们团长的好看！"上了火车，火车随即开行，这才长吁一口气。

还有一件小事，也可看出在敌后情报工作中个人生活的细枝末节往往关乎大局。忠经自小有一个对秘密工作很不利、甚至很危险的毛病：爱说梦话！

有一次，他奉命出差，一个国民党省党部的人同行。当时条件不好，两个人出差常常同住一间旅馆房间。忠经知道他的这个毛病会给自己带来麻烦，甚至会有暴露的危险。因此，出差的那几天中，第一夜他以要赶写一篇报告为名，一夜未眠。第二夜和第三夜，不能还是以写报告为托词再不睡了，他只好躺在床上，假装睡着，以极大的毅力强迫自己不能真的入睡，时不时还要装出一点鼾声。可以想象，几天未眠，身体上、精神上是极度疲惫的。就这样，他三夜未合眼，白天还要如常工作，甚至还在宴席上喝些酒，不能露出丝毫破绽。

当然，这些痛苦，比起在工作中无时无刻不在承受着的随时可能暴露、牺牲的危险，只是小事一桩。

关于这种险境，忠经还提到过一件事：1941年某日，要给"八办"（八路军驻陕办事处）传递一个十分紧急的情报，但一时没有其他能够及时送达的途径，忠经和申健商定，只能冒险（而且有违他们不得与

"八办"直接联系的规定）亲身"闯八办"。那天，西安大雨倾盆，忠经用一件斗篷式的黑厚雨衣将全身从头到脚遮蔽起来，在夜深人静之际，骑上一辆自行车，先在"八办"附近的街道绕了几圈，看清楚平时摆在附近的小食品摊（其实是监视"八办"的特务）都已因瓢泼大雨"撤岗"，遂骑到门口，看准前后无人，一个急拐弯进了"八办"的门。找到负责人后，几句话传达了信息，立刻出门，上车骑到大街上转了几圈，确定没有任何跟踪尾随，方才回家。像这样的事，就是在事关重大而别无他途的情况下不得不临机决断，冒险一搏。

说到"临机决断，冒险一搏"，申健同志的一项事迹也很典型。曾有一次，陈、熊、申三人在西安的联络人受到特务组织的怀疑，军警包围其住宅准备进行搜查。一旦与延安进行联系的秘密电台被搜出，联络人必然暴露，后果不堪设想。忠经、申健得悉这一紧急情况，决定必须有人亲身前往处理，而此行的危险性可想而知。申健同志挺身而出，说："你们都有妻小，我是独身一人，无牵无挂。我牺牲了只是我一个人。我去。"赶赴现场后，申健凭借自己胡宗南亲信的身份稳住了局面，化险为夷。从这件事上，可以看出申健同志的机智果敢、无畏的精神和对革命战友的深情。

20世纪40年代初，胡宗南指派申健去四川大学修满他的大学学历。我当时也在成都上学，曾有一段时间相处。他虽不可能向我透露其真实身份，但常常为我分析国内外形势。我当时参加学生运动，一次游行中在国民党四川省党部门前站在一张大桌子上发表演说，并作为学生代表与时任四川省主席的张群谈判。事后他对我说："也不要太突出了。"新中国成立后，我们谈起此事，他还记得，并说："我当时要你不要太突出，是担心影响你哥哥的工作。你是忠经的弟弟，若是你太'革命'了，会进一步增强特务组织原本就有的对忠经的怀疑。"

　　那几年，我眼里的申健是位识见不凡、待人热诚的老大哥。新中国成立后，才知道他也是位出生入死的革命战士。哥哥忠经提起申健同志时，总是流露出由衷的赞叹和尊敬。申健同志一向为人低调，又去世较早，不仅在革命战争年代作出了重要贡献，而且新中国成立后做过中国首任驻古巴大使，后担任中共中央联络部副部长，但他的名字和他当年的工作不太为人所知。我很怀念老大哥申健，希望有更多的人了解他的事迹。

　　以上这些零零散散的记事，只是我所了解到的"后三杰"当时艰险工作和传奇经历的一些侧面。

1960 年，陈忠经（左一）在古巴与菲德尔·卡斯特罗（右一）以及格瓦拉（中）

新中国建立之后，哥哥陈忠经先后在外交、对外文化联络领域担任领导职务，受到毛泽东主席、周恩来总理的亲切关怀和信任，多次陪同毛主席接见外宾。1950年，我国组成由伍修权同志任团长的政府代表团，第一次参加联合国会议。忠经被委任为代表团法律顾问。出于策略上的考虑，中央指示他暂名"陈翘"。但就在代表团离京赴纽约的第二天，台湾当局的就在报纸头版登出"大新闻"："陈翘者，即陈忠经也"。1960年4月至11月，忠经以国务院对外文化联络委员会秘书长身份，率领101人组成的艺术团出访欧洲、南美、加拿大等地，前后共七个月。这是新中国成立之后的第一次，不但宣扬了中国文化艺术，而且展现了新中国的魅力，增进了国际社会对新中国的了解。在古巴时还会见了卡斯特罗和格瓦拉等领导人。回国后，作了一次汇报演出，毛主席亲临观看，并要忠经坐在他身边，边看边询问有关情况。

在"文化大革命"那段黑白颠倒的岁月，忠经的遭遇是可以想象的。他受到残酷迫害，被"造反派"诬为"敌特"，打得遍体鳞伤，鲜血淋漓。若无此后周恩来总理的干预和保护，忠经很可能早就以"潜伏胡特"之名被"镇压"了。

1976年"文化大革命"结束后，在胡耀邦同志的亲自关怀下，忠经得到平反并恢复工作，担任中共中央调查部顾问、副部长，中共中央对外宣传小组成员。曾先后担任多届全国人大代表和全国政协委员。在离开一线领导岗位后，忠经继续从事国际问题研究。1988年出版《国际战略问题》（有英译本）一书。1998年以83岁高龄撰写以毛主席诗句为书名的《冷眼向洋看世界》。

此外，忠经还一直担任北京大学国际政治系的客座教授。每年都给学生作报告，直到他2009年起因病长期住院。但即使如此，他仍心系国家大事，特别关心青年人的成长。

我的哥哥陈忠经，在革命战争年代为保卫党中央作出特殊贡献，新中国成立后为党的外交事业作出了重大贡献。

如今，哥哥走完了他99年的人生，我党情报保卫战线"后三杰"的传奇也在他这里画下了句点。

陈忠经晚年照

"中国共产党的优秀党员，久经考验的忠诚的共产主义战士"，这是中共中央对"后三杰"的评价。

他们的经历写入了历史，他们的功绩将被长久铭记。

愿熊向晖（原名熊汇荃）、申健（原名申振民）、陈忠经三位同志，永远活在他们为之奋斗终生的祖国人民心中！

谨以此文表达我对哥哥陈忠经及熊向晖、申健两位同志的深切怀念。

作者与哥哥陈忠经合影

（原载《光明日报》2014 年 8 月 29 日第 5 版）

扬眉雪耻日　忧民爱国魂

——"密苏里号"舰上的受降与徐永昌其人其事

作者按：

　　此文为纪念抗日战争胜利70周年而写，原标题为目前的副标题。送《光明日报》后，总编室来电云此稿涉及台湾人物，需送"上级"审批。约三周后，来电告知"上级"批复同意发表，并改标题为《扬眉雪耻日　忧民爱国魂》，表明了我国官方对徐永昌先生的评价。

　　2015年，是中国人民抗日战争暨世界反法西斯战争胜利70周年。70年前的9月2日，在日本东京湾的美国军舰"密苏里号"上，举行了隆重的日本无条件投降签字仪式。同盟国各国代表团接受日本投降，这对全体中国人民来说，是雪耻的一天，是扬威的一天，是应当在历史上大书特书的一天。

　　代表中国签字的是中国代表团团长，时任国民政府军令部部长的徐永昌将军。

那天，在"密苏里号"军舰上是怎样的场景？徐永昌何许人也？

徐永昌将军

我的父亲陈延晖（字养空），曾多年追随徐永昌，任他的私人秘书，也是至交。在徐被任命为中国代表团团长时，我父亲时任国民政府军令部少将主任秘书，因而被任命为代表团秘书长，得以随徐去东京并亲历发生在"密苏里号"军舰上的那应载入史册的一幕。

父亲一向不满国民党贪污腐败、欺压人民，而心仪共产党。他在蒋介石政府即将逃亡台湾前夕，于1949

年春在香港与他的老上司、老朋友徐永昌不辞而别，通过我党驻港代表乘船到北京，回归人民怀抱。

我的父亲
陈延晖

在那以后的日子里，父亲对我们子女最津津乐道的，认为是他一生中最大快事、最大幸事的，就是当年亲眼看见日本无条件投降。以至于这个重大事件的情景，那动人心魄的场面，好似我也曾亲临其境一般，在脑海里留下了深刻印象，至今不忘。

根据父亲的追述，1945年8月12日，当时的国民政府决定委派徐永昌担任参加日本无条件投降仪式的中国代表团团长。由徐提出代表团成员名单，报蒋介石批准。

随后的十来天，父亲就协助徐永昌做各种准备工作。后勤部门要给代表团每位成员做一套高级呢料军服，徐未批准，说："不必太铺张。把正式场合穿的最好的一套熨平一下即可。"

8月17日，代表团离开重庆，从白市驿机场乘美军飞机（据父亲说是四个发动机的大轰炸机，可能是B-29）在下午6点50分起飞。美国人为代表团成员准备了行军床，但大家都未能入睡。半夜到达菲律宾首都马尼拉。

当时，大雨倾盆，他们被吉普车送到马尼拉旅馆休息。次日起床后，看见这个马尼拉最大的旅馆外墙上弹痕累累。据说日本军队最后投降前曾以这幢大楼为顽抗的据点。

代表团在马尼拉期间，父亲还陪徐去看望当地华侨，受到极为热情的欢迎。

8月19日，时任太平洋战区盟军总司令的美国麦克阿瑟将军宴请中国代表团主要成员。父亲说，麦的夫人很健谈，通过翻译说她曾到过上海和香港。

8月26日，代表团乘一美军运输舰离开马尼拉，有两艘驱逐舰护航。在船上，每个人都要穿着救生背心以防意外。各国代表团还曾合影留念。

航行6天，于8月31日驶近日本。父亲说，船队经过横须贺军港时，看到岸上挂着一面大白旗，当是表示投降之意，他心里无限振奋，感到扬眉吐气。

下午4点多钟，船队到达横滨港附近下碇，只见大批军舰在港外停泊，约有三四百艘，形成半个圆弧形，晚上灯火通明。父亲记得徐永昌当时感慨地说：假如我们不是甲午战败，今天也可能就是坐着自己的军舰来了。

9月2日，令人振奋的日子来临了。

早晨7点半，各国代表团成员由美国快艇分别护送到"密苏里号"军舰旁。父亲说，"密苏里号"军舰真是一个庞然大物，像座小山峰一样耸立着，全船彩旗飘扬。由于仪式开始时间未到，各艇在船舷附近等候。那天是阴天，没有太阳，但风平浪静，小艇在微波中摇来摆去。只见"密苏里号"舰的各层炮塔上都挤满了美军士兵。

父亲记得，舰首和舰尾的大炮有3排共9门，那天不是平卧着，而是竖起来，高指天空。父亲心情激动，不时掏出怀表来看（那时无手表）。8点30分，忽听船上军乐大作，并传出一句响亮的英语，大概是宣布仪式开始。

中国代表团成员由徐永昌领队，第一个由船旁舷梯登上"密苏里号"，父亲走在最后。舷梯有些摇动，但是徐永昌不用手扶栏杆，而是庄重严肃地缓步上梯。在船舷列队的美军仪仗队肃立向他和各成员敬礼。

思念集

此时，父亲真是感到无比骄傲，心想中国代表团第一个登舰，是理所当然的。相继登舰的，有英国、苏联、澳大利亚、加拿大、法国、荷兰和新西兰（当时称纽西兰）代表团成员。

中国代表团被引导到军舰右舷中部甲板上一处空旷地方，徐永昌站立在一排白点的右方第一个白点处，代表团其余成员在他身后顺序站立。紧接着，见英国、苏联等代表团成员也列队到场，团长站在徐永昌左手边。陆续形成一个以各团团长横列前排、各成员随后纵列站立的方形队列。

父亲个子较矮，往前看不太清，但侧身可看见队列前方摆着一条长桌，似是绿色桌布，上面放着一些白色文件。这时，他看见麦克阿瑟由左侧舱内走出来，站立在桌后的麦克风架子前。他穿的是军便服，未穿上衣，也不打领带，也未戴他平日惯用的墨镜，双领上各镶有排成一圆圈的五颗金星，标志出其五星上将军衔。

随后，就见前方不远处走来十来个日本人，有的穿大礼服（所谓燕尾服），有的着正式军装。他们走到桌后不远处肃立。

9点钟整，仪式开始。麦克阿瑟首先代表受降的盟国讲话，时间不长。接着，父亲隐约看见一个穿大礼服的日本人走到桌前签字（是日本外相重光葵）。他腿有残疾，拄着一支拐杖。然后是一个军人（是日本陆军参谋长梅津美治郎）签字。

在日本代表签字投降之后，麦克阿瑟代表盟国签字受降，尼米兹上将代表美国签字。接着，令中国人民扬眉吐气的一刻到来了：父亲踮起脚，透过行列看到徐永昌离开队列，缓步走向长桌前坐下，中国武官（名字我记不起来了）随身站到他侧边，替他展开文件。

徐永昌庄严地在接受日本投降书上签下了三个中文大字"徐永昌"。父亲掏出怀表，看见是上午9点13分。

徐永昌在受降书上签字

219

在总共九个受降国家的代表一一签字后，仪式结束。父亲见那些日本人低着头灰溜溜地向远处退去。站在炮塔高处的美国士兵有些甩下帽子砸他们，他们也不抬头。

父亲随徐永昌走入客厅，与麦克阿瑟寒暄了几句。此时，飞机声轰然大作。美军海军上将海尔赛扶着徐永昌的手，领他到客厅棚外仰天张望。父亲也随之走出去，只见几百架美国飞机似鸟阵一般，排成阵式飞越军舰上空。海尔赛笑着说："这都是第三舰队的飞机。"

仪式结束回到住所，徐永昌和父亲发现房间里（当时条件不足，均两三人一间）放着两件米色短袖衬衫，还有一封短信，是美国代表团团长送给他们的礼物，衬衫领子上的标签写着"供海军军官专用"字样。

说也有趣，这件衬衫父亲事后并未穿过（因他平日均着自己的制服），只是留为纪念。后来，他把这件礼物给了我，我倒是每年夏天都会穿一穿。

中国代表团于9月4日上午约10点离开东京，途经广岛时，飞机应徐永昌之请绕飞广岛两圈，只见满目断崖残壁，除几座二三层的楼房空壳矗立之外，其余皆夷为平地。本拟再绕飞长崎，但忽来暴雨，未果。

飞机下午6点多到达上海。父亲看见机场上除美国飞机外，还停有多架日本飞机。代表团人员在上海住了两夜，9月6日飞返重庆。父亲记得，他陪徐永昌回到寓所时，许多亲朋好友以及国民政府军令部的高级官员早已在门口等候。走入客厅后，看见徐永昌夫人和我母亲各拿着一束鲜花，走上前迎接。

以上情景，由于父亲应儿女和孙辈请求，多次讲述，使我如亲临其境，印象极为深刻。2014年夏，我们全家决定到夏威夷寻访停泊在珍珠港的"密苏里号"军舰，缅怀一下父亲当年亲临的场景。

作者与家人在
"密苏里号"
舰上合影

思谷集

此舰已退役，成为一座博物馆。当年举行日本投降仪式的甲板，已用金色栏杆和红色缎带圈起来。在展览厅内的图片中，我们看到徐永昌签字时的相片，以及他签字的一页文件的复印件。我把这些相片用手机拍了下来。

当时，回想父亲69年前曾站在这一方甲板上，亲睹日本无条件投降、徐永昌代表中国人民签字受降的一幕，真是感慨万千。

随后，我和展馆工作人员、一位女中校军官谈话，我告诉她我父亲曾站立在此甲板上参与69年前的这一事件。她极为兴奋，把我请到一个大厅内坐下，说："这就是您父亲当年休息过的地方。"我告诉她，我父亲曾与麦克阿瑟在此握手相会。

那天，我特意穿上了前面提到的那件父亲留给我的美国海军军官专用衬衫。我把这衬衣的来处讲给那女军官听，并将领子翻过来给她看上面的标签，她大大惊叹，并照了相。随后，她从一个书柜中取出一个大本子，是来参观过的一些重要人物的留言。她说，自"密苏里号"永远停靠在珍珠港成为博物馆后，还从未接待过任何当年参加仪式的各国代表团人员的后代，说我是第一个。我自然也觉得很骄傲。于是我就应她之请，用英文在纪念册上写下了当年我父亲曾亲临这方甲板的经过，并给了她一张名片（我去前就已想好要这样做的）。她说2015年9月，他们将在舰上举办纪念二战胜利和日本投降70周年的活动，欢迎我去参加，将作为贵宾接待。

我们在她的陪同下参观了战舰的主要部位，她为我和老伴以及三个子女在前甲板的巨炮前拍照留念。之后，作为这次访问不可或缺的部分，我们去参观了日本飞机偷袭珍珠港事件纪念馆。

纪念馆建在被日军炸沉至今沉睡海底的美国"亚利桑那号"战舰的残体上，是一座长方形的白色建筑，里面墙上镌刻着在珍珠港事件中捐躯的美军官兵的名字。其中1102名的遗骨至今就长眠在"亚利桑那号"的舰体中。

今天来纪念抗战胜利70周年，我们不应忘记这受降仪式的庄严一幕，也不应忘记当时代表中国人民在受降书上签字的徐永昌将军。

那么，我们今天应如何评价这位蒋介石政府的陆军一级上将徐永昌？他是怎样一位人物？

我想，首先必须记述一件史实：虽然在1946—1949整整三年的解放战争时期，徐永昌始终担任蒋介石政府军政要职，但在1949年10月1日，成立中华人民共和国、建立中央人民政府时宣布的国民党战犯名单中，没有徐永昌。

这当然不是偶然的。

223

父亲在生前多次与我们子女提及：徐永昌虽一生在旧政权中当官，最后身居军界要职，但他始终对以蒋介石为首的国民党政府只顾一己私利、不以国家为重、贪污腐败和昏庸无能的状况心怀不满。他的这种心情，在不同场合与我父亲作为知友谈话时，均有所表露。而且，这种心情随蒋介石政权在大陆节节败退、最后不得不退守台湾一隅而愈见加深。

　　1949年底，徐永昌随蒋介石退居台湾后，认为蒋政权还有这么一块地方以维残局，真正是上天赐福。在1949年12月31日除夕所写的日记中（见《徐永昌日记》第9册第478—479页），他写道："此即是上帝好生之德予此政权以改悔赎命之余地。即是说，假使上帝真不拟留此无能可恨之政权，早已先不令吾人获还台湾也。"（笔者注：此语指战后波茨坦宣言决定将台湾自日本统治者手里归还中国一事。）

　　这里，我们看到徐永昌称蒋政府为"无能可恨之政权"，应当"改悔赎命"。他的这种情绪，绝不是一时之愤慨，而是日积月累形成的。他要蒋介石政府必须痛改前非，方能赎自己的命。可以看出，他对自己当时所处的旧政权已是深恶痛绝。

　　且见徐永昌1949年5月24日在广州的日记，他写道："晚饭时与养空（笔者注：我父亲）论及共产党的功用，在社会上需要，尤其我国之政治更需要。"区区二三十个字，可以看出，他认为所谓"社会上需要"，推论之，应是指当时社会上人心不满，国民党统治下民不聊生，需要共产党出来管管国家的事；而所谓"我国之政治更需要"，应是指他认为应当吸纳中共力量组成联合政府。（见《日记》第9册第332页）

同月26日的日记中，他记述有一个同僚一度投入解放后的北平但又返回广州一事。那个人来看望他，谈起北平当时的情况"并述共党诸多善政"，"国民党为少数人谋利益，决无胜理。可能今后如不痛加改革，亦决无存在可能。""所言皆是也。"（见《日记》第9册第333页）

从徐永昌所写"所言皆是也"五个字中，可以看出他同意那个朋友对共产党的赞许——"诸多善政"，以及对国民党的评论——"决无胜理"。

此外，还可以看一看徐永昌对我父亲（和母亲）到香港后与他不辞而别一事的反应。据我想，这对他来说应当是一件丢脸面的事：自己多年的贴身秘书与知交竟然"投敌"而去。这在蒋介石面前也多少有点儿不好交代。何况，一夜之间就丢了一个知根知底的贴身秘书，对他可能会是很"不利"的事。

但是，我逐日查阅了徐永昌到台湾后的日记，完全没有写任何对我父亲愤恨恼怒的话。相反，只有一处提到时，还似乎是很关心的样子。1949年9月17日的日记中，写到他奉蒋介石之命到当时还未解放的包头看望傅作义等人。他们谈论了当时的形势，还谈到一些留在已解放的北平的同僚情况。他写道："余遂畅询北平友好情况……未悉养空何在云。"（见《日记》第9册第425页）这里，他对已经投入我党一边的原来同事（包括我父亲）不仅"畅询"，仍称"友好"，且很关心，没有表示出任何反感。

说起与傅作义见面，我又想起父亲告知的一件事：1948年冬，天津解放后，我军已完全包围北平，并与傅作义谈判和平解放。蒋介石希望对傅作义作最后的争取，又知傅、徐二人是多年知交，因而派徐永昌携带一封亲笔信到北平与傅见面。

当时，西郊机场与南苑机场或因已解放，或因已在我军炮火控制下而不能使用，傅作义在东城东交民巷东边从北到南拆去民房砍去树木修建了一个小机场（即现在的东单公园）。徐永昌和我父亲所乘美国C-47运输机即在此降落。父亲曾说多亏那位中校驾驶员技术好，没有冲出跑道。

这次傅徐见面，非常具有戏剧性。一方面，在当时那种局势下，在一个"危城"且是"围城"中见面，本身已是够令人观止了；而同时，两人各自其实都是心照不宣。父亲后来给我们讲述了两人见面的一幕：徐永昌完全没有提任何劝说傅作义随他到南京去的话，而是递上蒋介石的信，只说了一句"我奉命而来"。傅作义也只是打开信草草看了一下，随即把它放在一边，招呼徐吃午饭，拿出一瓶陈年山西汾酒。但两人并未多喝，倒是我父亲有机会又喝了不少他最喜欢的酒。席间，两人谈了些几十年前的老话以及共同朋友的状况。父亲清楚地记得，两位老友临别时互道"保重"。傅作义还意味深长地说了一句"后会有期"，徐似是苦笑了一下，并未作答。

后来，已是20世纪50年代，曾听传言说那时周恩来总理曾与傅作义提及希望能争取徐永昌脱离蒋介石政府回到人民一边。但是，据说傅认为徐不像他那样是个"外系"，而是"京官"，且徐虽对蒋十分不满，但他是个"讲义气"的人，要他投诚，恐非易事。傅作义觉得难以启齿。因而此事未推进。这一传闻是否属实，今天已无法考证了。

徐永昌，字次宸，1887年12月15日出生于山西省崞县（今原平市）一贫农家庭，仅读过两年私塾。10岁左右，父母双亡。14岁时由一同族长辈送入当地军营。初做杂役，后成为一名列兵。1910年以后，由于他在军队中奋发图强、自学进取，先后被送入陆军部将校讲习所和陆军大学学习。1916年完成学业，从此成为一名职业军人。参加过北伐战争，先后在孙岳、阎锡山、冯玉祥等人手下任职。曾担任绥远、河北、山西诸省主席及蒋介石政府军事委员会办公厅主任。七七事变后，被任命为军令部部长。在任八年，为坚持抗战，殚精竭虑。1945年被指派担任中国代表团团长，赴东京参与日本无条件投降签字仪式，后曾担任陆军大学校长。1953年退役，1959年病逝于台湾。

由于出身贫民，徐永昌一向关心老百姓生计，待兵如子。他父母双亡后，无力殡殓，在荒郊野外草草埋葬。升任军长后，他购置了一块地，作为徐氏墓地，将父母遗骨迁葬。后任山西省主席时，听闻贫苦百姓皆买不起墓地埋葬老人，遂将自家墓地改为"平民公墓"，为穷人家去世老人提供入土为安之地。在军队中任长官时，他请乡里贤人任军队教师，教授士兵读书认字，学习一技之长，以便退伍后得有生计。

自青年时代起，徐永昌即坚持写日记。其中，从1916年徐氏自陆军大学毕业后始写到1932年终止的部分，由其友人整理，徐氏自己定名为《求己斋日记》，由北平荣宝斋书局雕版印行。其后，自1933年起至1959年徐氏病危辍笔，前后26年，共三百余万字。

1995年我访问美国时，在洛杉矶会见了已在美国定居多年的徐氏长女徐元明女士。因徐陈两家曾是多年世交，我与徐元明和她的兄妹均很熟悉。

一日，徐元明问我是否愿意保存她所持有的一套12大本的《徐永昌日记》。她说："我的子孙早已成为纯粹的美国人。他们对过去的事不感兴趣。我爸爸这套日记在我这里只能是无人过问，最后，被当成废纸处理掉。"我当然是求之不得，带回北京。

出于对历史以及对父亲经历的兴趣，我仔细读了这套日记，了解到许多未闻的往事，包括蒋介石政府1949年撤离南京后垂死挣扎，先后在广州、重庆等地建立"政府"，最终逃往台湾，以及在朝鲜战争期间如何寄希望于"第三次世界大战"而能"光复大陆"等史实记载。

在阅读过程中，我发现日记中前后有多处是我父亲的笔迹。想起父亲曾告诉我，徐永昌除几次卧病在床时由徐口授嘱他代笔，以及个别处由夫人李西铭女士执笔外，记日记是徐氏终身不辍的习惯。他曾说："日记不但可以保留自身的经历，亦可以端正一己之行谊。"此外，从他将自己的早期日记命名为《求己斋日记》这件事也可看出，徐氏是一个有制于自己的人。

说徐永昌是一个职业军人，决不能说他是一个只知奉命打仗的无头脑之人。且举一例：1920年春，徐氏曾在友人的介绍下，阅读早年无政府主义者克鲁鲍特金的书籍文章，进而对社会主义和共产主义的学说也感兴趣。他在1920年2月24日的日记中详细记下了自己当时的认识："社会主义者总称也。分而言之则有

思念集

集产主义、有共产主义。集即产业为众所集有也。共即产业为众所共有也。集产共产所导者集在各取所值、共在各取所需。""此等主义在英美等国可以讲求之，在犹太印度尤应力求之。"

从这里我们可以看到，徐永昌认为社会主义或共产主义在某些国家是"可以讲求之"或"尤应力求之"的，而且还应看到，他日记中所记下的这些认识是1920年的事，当时中国共产党尚未成立。而他当时所能认识到的，则是："我国人在今日所当报国者在教育普及、养成有道德有知识的国民，即养成自立的国民也。自立的国民应由国民自省，亦由于政府引导。固毋忘自身，毋忘国家。"

在当时对世事有这样的认识，应属难能可贵，而同时，徐永昌对自己是这样要求的："有自立的国民，即有自立的政府。国家能自立，民族即未有为人覆灭者。若民族的生存尚在朝不保夕，而亟亟于如何享幸福、如何享安逸，此真不可解者。"（以上各段，见《求己斋日记》——《徐永昌日记》第1册第418—422页）

综上所述，我们是不是可以说，徐永昌不仅在抗日战争中作出了重要贡献，而且他具有平民意识和开明思想，爱国爱民，倾向民主，他是一位希望中国能出现一个和平团结的局面，让老百姓能过上幸福生活的爱国者。

今天，我们纪念抗日战争胜利70周年，对一些历史人物作出恰如其分的评价还是需要的。在中国人民抗日战争的历史长卷中，应当有徐永昌的鸿爪留痕。

（原载《光明日报》2015年7月23日第10版）

纪念
丁宝桢

作者按：

2016年是丁宝桢逝世130周年，贵州省为此举行多种纪念活动。我作为他的曾外孙（他的女儿是我的祖母）与家人共十人一起被邀去贵州参加活动。归来后我写了下面两篇纪念文章，一汉语一英语。

晚清重臣丁宝桢：为官一生勤为民

今年是晚清重臣丁宝桢（丁宫保）逝世130周年。

丁宝桢1820年出生于贵州省平远州（今织金县）。在晚清时期，先后出任山东巡抚和四川总督。一般老百姓记得他，主要是他"前门接旨，后门斩首"智杀慈禧太后宠爱的宦官安德海、治理黄河和四川成都水利工程都江堰以及他的家族名菜"宫保鸡丁"。

丁宝桢像

创办书院　建立书局

当年，丁宝桢目睹晚清国势衰弱，面对西方侵略者"船坚炮利"的局面，力主"求富自强"。他先后在山东和四川创办"机器制造局"，引进国外先进设备，制造枪炮火药，以增强国力、准备抗击外侮。可以说，他参与开创了中国的现代工业。

与此同时，丁宝桢还在济南和成都开办书院，招收青年学子学习天文、地理、水利、数学等自然科学，延请名师授课、培养人才。他还经常到讲堂听课，为自身增加科学知识。他重视培养和重用人才，以应国家之需。

他不仅创办书院培养人才，还建立书局，编印出版书院所需教材及其他书籍。著名的刻本《十三经读本》就是由丁宝桢亲自参与筹策和校勘的。清末学者马国翰编辑的著作《玉函山房辑佚书》共594种，在马生前未能刊行。1870年，丁宝桢获知此事，令他所办书院整理出版刊行，为后世保存了珍贵历史资料。

丁宝桢针对晚清时期所谓"洋务派"人士一味仰赖洋人，只重抄袭的短视做法，强调"弃我之短、夺彼之长""师夷长技以制夷"。他说："决不能不仿西法。而仿西法，仅可师其法，窃其意，而决不可用其人。"这种提法在当时帝国主义者纷纷派人来华进行有损我国的阴谋活动的情况下，是有其主见的。

力图改革　智杀恶吏

丁宝桢政治思想的一大特色，就是他力图改革的精神。他在治理黄河和都江堰水利工程中的重大建树是会永垂史册的。在他山东巡抚任内，黄河水患极为严重，丁宝桢以治黄为"政事第一要务"。在朝廷不拨账款而省库空虚的情况下，他自己倾囊捐资，筹集乡绅支援，并广泛发动群众，全力以赴。用当时同治皇帝的话，他"勇于任事、督率有方、未及两月、克竟全功"。在成都都江堰，他亲立岸边，在随时有被洪水冲走的危难中，日夜督阵，科学治理，仅以两年时间，写下了我国治理水患变害为利的光辉篇章，录入世界水利科学的史册。

他在任四川总督期间，针对当时各地官商勾结、走私食盐、侵吞税款，使国家遭受重大财政损失时，不惧既得利益集团的强大势力，从改革盐务、缉拿奸商和惩治贪官三方面入手，坚持数年，终于改变了局面，为人民造福，为国库增收。他同时主持编纂了我国第一套盐务法规《四川盐法志》。

他智杀恶吏安德海一案至今广为流传。而他之所以不顾个人安危，大义凛然，为民除害，完全是因为安德海是当时朝廷头号贪官，朝野共恨，人人都望得而诛之。丁宝桢"前门接旨，后门斩首"，可说是我国历朝历代治理贪官污吏重大案例之一。

治理水患　强军卫国

丁宝桢在山东巡抚任内，两次治理黄河。原计划利用朝廷所拨不多的款项和地方筹集的资金共520万两白银。但他励精图治，严办侵吞公款、降低吏俸、节约用料，动员义工；日夜亲临工地，数过住地而不入；最终仅以63万两白银完成了治黄工程，为国家节约巨款，保百姓生命安全。

丁宝桢治理黄河除带头捐献自家原本不多的积蓄外，还令夫人献出私房珍藏的金银首饰。而更为老百姓所铭记不忘的，丁宝桢1886年病危之时，竟然债台高筑，而家中全无价值之物，以归还欠债。丁宝桢临终前给朝廷的信中写道："所借之款，今生难以奉还，有待来生含环以报。"

最后要提的是丁宝桢的强军卫国之策。

早在他任山东巡抚时，即建立机器局，制造枪炮火药，并加强军丁训练，以增强国家军力。19世纪中期日本密谋以武力侵略中国，丁宝桢报请朝廷加强海防，在烟台、威海、登州（今蓬莱）等地构筑炮台，招募民兵，并加固了两千里长的海防线。在他任四川总督的1885年，针对英、法等帝国主义者占领邻国缅甸，觊觎我国云南、西藏的野心，在加强边疆防务的同时，派军去云南、西藏，震慑英法军队，挫败了彼辈侵犯我国神圣领土的野心。而另一鲜为人知之事：当日本帝国主义分子妄图侵犯我国领土台湾时，丁宝桢曾上书朝廷请缨赴台抗击日寇。

"宫保鸡丁"享盛誉

丁宝桢任山东巡抚时，我曾祖父陈六舟任安徽巡抚，均致力于治理水患，且均为官清廉、刚正不阿，故互相敬重，后并结为亲家，将爱女丁素贞下嫁给我祖父为妻。之所以说"下嫁"，是因为当时丁宝桢已调任为四川总督，比我曾祖父官高一品。当光绪皇帝的老师翁同龢得知此事时，向他们二人致贺说：文武相亲，可庆可贺。二人问道：指文臣武将之亲乎，抑两家之亲乎？翁答：兼而有之。国昌而后家兴也。

中坐二老人为我祖父及祖母（丁素贞，丁宝桢之女），右一为我父亲陈延晖，前排中最小男孩为前文所述我的哥哥陈忠经

我的父亲曾给我讲过这样一段家庭轶事：丁宝桢在四川总督任内将女儿嫁给我祖父时，派八条木船浩浩荡荡从重庆沿长江"烟花三月下扬州（我家故里）"。三条船满装四川大米，两条船自贡井盐、一条船蜀锦麻布，一条船四川柑橘；最后一条大船是他女儿乘坐，随行还有两位美貌丫环。丁宝桢嘱仆人带信一封给我曾祖父。信中写道：奉上三船大米，两船盐巴，一船锦布，一船柑橘。除柑橘为小女所爱外，其余均乞妥存，以备贵处万一有饥荒之时

供救济灾民之需。二小女子为平日侍奉小女者，请嘱令郎决不得纳之为妾。切切。

据我父亲生前讲述：我祖父终身未纳妾，日后将那两位丫环之一嫁给了扬州府一位小官吏，另一个嫁给了一位家业丰厚的盐商为妻。而丁宝桢所赠的"陪嫁"物资后来的确都发放给了贫苦灾民。从此事也可看出丁陈两家人的品格。

至于"宫保鸡丁"，那是丁宝桢夫人的拿手好菜，丁宝桢宴客时必上此碟。后此菜流传开来，进入川贵民间菜谱。日后，因一般人不知"宫保"是丁宝桢的官衔之一，逐渐传写成"宫（或公）爆鸡丁"。本世纪初，北京市政府为准备接待2008年来京观看奥运会的国外友人，由市外事办公室组织编写了一册《中国菜谱》，为"宫保鸡丁"正了名，并解说了它的历史渊源。

（原载《贵州日报》2016年6月17日第12版）

The man who gave us Gongbao chicken

作者按:

此文送交《中国日报》时，原标题为Ding Baozhen's Thoughts Are Still Relevant Today。编辑改为现名，据告理由是外国读者不知丁宝桢为何许人，但一看Gongbao chicken就知道了，会对此文感兴趣。此话有其道理。

This year marks the 130th anniversary of the death of Ding Baozhen, or Ding Gongbao, a high-ranking court official of the Qing Dynasty (1644-1911).

People remember him for the arrest and eventual execution of An Dehai, the much patronized eunuch of the Empress Dowager Cixi in 1869.

People also remember him for his famous family dish Gongbao chicken (often spelled Kungpao chicken), which over the years has become one of the most sought-after food items in Chinese restaurants around the world.

In April this year, I, his great-grandson (he is my grandmother Ding Suzhen's father), and other members of the Chen family, visited Ding's birthplace in Zhijin county of Guizhou province.

239

Ding Baozhen,
also known as
Ding Gongbao

I attended memorial meetings and research sessions at the provincial, regional and county levels, which remembered and paid tributes to Ding for his accomplishments and services to the people.

Ding Baozhen served as governor of Shandong province and then governor-general of Sichuan province. When he was governor of Shandong province, my great-grandfather Chen Liuzhou was serving as governor of Anhui province. As the two were both honest and upright officials, they respected each other and became good friends, and eventually Ding married his daughter to my grandfather.

In 1869, An Dehai, who was much hated by both court officials and the common people for his arrogance, domineering behavior and corruption, left the imperial palace to visit Shandong province to collect bribes.

Ding, an upright official, had long hated this man and wanted to get rid of him.

So, when An arrived in Ji'nan, the capital of Shandong province, after collecting a large amount of money while traveling to the city, Ding had him arrested and jailed.

He then had it proclaimed that An had violated imperial rules that a eunuch should not leave the imperial city.

When the Empress Dowager got to know about this, she sent a special envoy to Ji'nan with an imperial edict ordering Ding to send An back to Beijing in order, of course, to save his life.

But having made up his mind to get rid of An, Ding ordered that An be executed and when the Empress Dowager's special envoy arrived at his office he told him that it was too late.

This much remembered incident was later

described as "accepting the imperial edict at the front gate but executing the man in the backyard".

However, Ding did one thing which earned him the Empress Dowager's gratitude. After An's execution, Ding ordered his body be displayed in the city center for three days.

For years, both court officials and the common people believed that An Dehai was not really a eunuch but the Empress Dowager's lover.

But when the body was displayed people got to see that An was really a eunuch and the rumor died.

Looking back on Ding Baozhen's work, one can see that many of his ideas still have relevance today. His ideas can be broken down into four parts:

1. A pioneer who focused on development. When he was governor of Shandong province, Ding started a machinery factory in Ji'nan to produce firearms, guns and gunpowder. He also set up a school to train young people in maths, physics, astronomy, irrigation and geography.

He also set up a printing house and recruited learned people to edit and print teaching materials for students.

Some of these materials can still be found in the state archives and national libraries.

He also invited famous scholars to be teachers and he often attended lectures to acquire knowledge.

In this way he helped to train a pool of talented young people who could focus on developing the nation.

In the latter half of the 19th century, there were some bureaucrats who were advocating the so-called Westernization movement to introduce capitalist production methods in order to preserve the rule of the Qing Dynasty. They relied on a small number of Western technocrats and tried to copy modern technology from the West.

But Ding advocated the training of talented young people, so they could learn modern scientific techniques and gain knowledge from the West while promoting the country's own productive power.

2. Reconstruction of the Dujiangyan irrigation system in Chengdu. One of Ding's accomplishments was the taming of the Yellow River in Shandong province, and later — when he was governor of Sichuan province — the reconstruction of the Dujiangyan irrigation system in Chengdu.

This system is now seen as one of the most scientific and important irrigation systems in the world.

As the Qing government did not allocate sufficient funds for the taming of the Yellow River, Ding used his own already scanty savings and his wife's jewelry to fund the project and also persuaded local squires to make contributions.

Inscription on a tablet written by the Qing Dynasty Empress Dowager Cixi in honor of Ding Baozhen: Treasure (or Pillar, Gem) of the Nation

In Chengdu, Ding exerted great efforts to complete the Dujiangyan irrigation project started by Li Bing and his son over 2,200 years ago and made the Chengdu plain a "rich and prosperous land of fish and rice".

Almost every day during the construction period Ding would appear at the site and stand on the bank of the river to direct the work even at the risk of being swept away by the torrents.

After Ding's death, the local people built a temple at the site to remember him.

The temple was destroyed in the 2006 earthquake but a life-size statue of him was erected there after that.

3. Administration of the salt industry in Sichuan province. Before he became governor of the province, salt production was in the hands of a small group of businessmen who, obsessed with the desire to maximize profits, ganged up with corrupt government officials to control the salt market, extorted money from ordinary people and evaded taxes.

As soon as he became governor of the province, Ding took measures to change the situation.

He did this in three ways: putting corrupt officials in prison, punishing unscrupulous merchants and cracking down on speculation and smuggling.

To record his experiences, he organized a number of government officials and scholars to compile a document called the Salt Administration Law for Sichuan Province, the first of its kind in the country.

This document is still in use today.

4. Fighting corruption and promoting honest and clean government. The arrest and eventual execution of the corrupt official An Dehai is a remarkable example of fighting corruption.

Then, during the project to harness the Yellow River, Ding recovered embezzled money from corrupt officials at different levels and thus saved large amounts for the already depleted national treasury.

One thing about Ding which is remembered even today by the people of Guizhou province is that when Ding died in 1886 he was heavily in debt and he and his family were unable to repay it.

In his last words to the Empress Dowager he wrote: "I am unable to repay the debt in my present life. I can only repay it in my next life as a beast of burden."

Ding's theory and practice of strengthening the country's military power is also something we can learn from today.

In the mid-19th century, the Qing government was facing both domestic troubles and foreign invaders, particularly Japanese imperialists.

Ding then suggested that the government strengthen its coastal defenses.

He spent a large amount of money from the provincial treasury to build a coastal force and a string of outposts along the 2,000 *li* (1,000 km) long coast — comprising Yantai, Weihai and Dengzhou (today's Penglai).

When he was governor of Sichuan province, in 1885, the year before he died, the British and French imperialists were planning to invade Tibet and Yunnan. Ding then sent troops there to deter them and forced them to give up their ambitions.

As for the kind of a person Ding Baozhen was, let me recount what my father told me about what happened when Ding got his daughter married to my grandfather.

At that time Ding was the governor of Sichuan province.

He sent a convoy of eight boats from Chongqing to Yangzhou, which was our hometown.

Of the eight boats, three were loaded with bags of Sichuan rice, two with the famous Zigong rock salt, one with rolls of Sichuan silk, one with juicy Sichuan oranges and the last one carried my grandmother along with two beautiful Sichuan girls and other servants.

Ding then had one of the servants take a letter to my great-grandfather in which he wrote: "The rice, salt and silk are not for you, or my son-in-law.

"You should keep them for when there is a famine and they should be given to the poor and the starving.

"The oranges are for my dear daughter who likes them very much and will miss them.

"What is most important, is that the two girls are to serve my daughter as maids and here I want to make it known that your son should never make any of them his concubine."

Although during those days it was customary for men to have concubines, my grandfather obeyed his father-in-law's instructions and remained faithful to his wife.

Eventually, he got one of the girls married to a minor government official and the other to a well-to-do merchant.

（原载《中国日报》2016 年 6 月 18 日第 18 版，略有修改）

莎士比亚
和他的环球剧院

　　今年，全世界都在纪念英国人民的伟大儿子莎士比亚（William Shakespeare，1564—1616）逝世400周年。无独有偶，今年也适逢中国戏剧家汤显祖（1550—1616）和西班牙剧作家塞万提斯（Miguel de Cervantes，1547—1616）逝世400周年。

　　四百多年来，世界各地、包括中国的莎翁研究者们都对莎翁的文学贡献进行研究并作出评价，其中有一般认为是权威的英国塞缪尔·约翰逊的评价。我国著名莎作研究家王佐良教授在他的巨著《英国文学史》中，以25页的篇幅对莎翁著作和他对世界的贡献作出了评价。他在这25页的最后，以8条看法写明了他对莎翁的"盖棺论定"。他说，莎翁通过他的剧作细述了几百个人物的内心世界、他们的故事、他们所处的社会和历史背景所决定了的他们的命运以及那个时代的精神。他说，莎翁发挥了语言的多种功能，他的艺术从不单调贫乏，而是立足于民间传统的深厚基础，而且又吸收古典和其他国家民族的有用因素，不断创新，不断发展。最后，佐良先生说：

> 他写尽了人间的悲惨和不幸，给我们震撼，但最后又给我们安慰，因为在他的想象世界里希望之光不灭。他从未声言要感化或教育我们，但是我们看他的剧、读他的诗，却在过程里变成了更多一点真纯情感和高尚灵魂的人。

如上文所说，400多年来已经有无数学者专家对莎翁作出了评价。而我认为，这里所引的王佐良先生对莎翁所说的话，应当是最为深刻、最为中肯的。

在这里，我倒是要讲述一点，那就是莎翁作为一个剧作家与一般剧作家不同的一个特点：他的许多剧作都是为他自己所开办的剧院而写的，是自己要在其中作为角色来演出的。这种情况，在当时和以后多少年的剧作家和戏剧演出中是不多见的。莎士比亚不仅自己登台表演自己写的剧本，而且还与友人一起出资重建一座剧场［即后来的环球剧院（The Globe Theatre）］，并且还拥有它的部分产权，使这个剧院在传播舞台艺术、通过戏剧演出来感化和教育人民方面起了重要的作用。

环球剧院大门

　　最近，我国报刊陆续登载了许多纪念莎翁的文章，包括对他的剧作的中文译本的出版沿革和现状、莎剧在中国舞台上演出和改编为京剧和地方剧种演出情况的介绍。但是，很少看到介绍环球剧院的文章。我曾多次到伦敦，也多次到这所剧场看戏或参观。尤其是十多年前，2004年，我到伦敦开会，正值莎翁诞生440周年，应当时伦敦市长利文斯顿（Ken Livingston）之邀，参加了在环球剧院举行的纪念活动。那次共演出了《罗密欧与朱丽叶》《无事生非》和《一报还一报》三个流行剧。我因时间较紧，只选看了我更喜爱的上列名剧的第一个，但花了不少时间详细

思念集

参观并听讲解员介绍该剧场的沿革、现状和莎剧的演出情况。

作者与参观环球剧院活动的市民合影

那天一大早，由英国文化教育协会（The British Council）官员（也是老朋友）驱车陪我来到位于泰晤士河南岸的"岸边街"（Bankside）的环球剧院。由于这建筑外形特殊，远远就看到它了。虽然也只9点钟左右，但已经是熙熙攘攘、人声鼎沸。老老少少都穿戴着色彩鲜艳的英国中世纪地方服饰。看见我这个中国人来参加他们的文化盛会，不少人高兴地和我打招呼，并拉我合影。除掉许多美不胜收的彩旗、布景之外，还有人踩着高跷、化装成高大的雄鸡、孔雀和莎剧中人物，到处拉人照相。我的朋友则催我进入剧院展览厅，听讲解员的介绍。

环球剧院，始建于1599年。当时，一个名叫卡思伯特·伯比奇（Cuthbert Burbage）的人拥有一座剧场，是当时伦敦仅有的剧院。他为了扩大剧场的生意和影响，将自己的老剧场拆掉，将木头、砖瓦等旧材料运到泰晤士河边，用约一年的时间建起了一座环形的剧场。他并与莎士比亚合作，主要演出他的作品，而莎氏也拥有剧院的一部分股份。莎士比亚自己和卡思伯特的弟弟理查德则都是剧院的主要演员。可以想象，莎氏自己演自己写的戏，必然是得心应手，效果良好，莎剧很快成为伦敦贵族和一般市民的文艺生活的重要内容。而且，由于莎剧的内容反映了许多一般老百姓耳熟能详的历史故事和当代生活，因而剧中的语言逐渐成为大众语言的一部分，尤其是其中的成语、谚语等等，大大地丰富了英语词汇，例如All that glisters is not gold（闪亮的并不都是金子）、All the world's a stage（世界就是一个大舞台）等等，以致莎士比亚的剧本和诗作已被语言学者认定是现代英语的三大来源之一。

400 年前最早的环球剧院（木制模型）

但是命途多舛，环球剧院经历了两次重大的灾难。1613 年，在演出《亨利八世》一剧时，剧场的顶棚被一个作为舞台效果的炮弹引燃，整个剧场被烧毁；后经重建，1614 年春天才落成。而莎氏也于两年之后去世了。在以后的几十年中，伦敦虽有一些新剧场兴建，但环球剧院仍是演出莎氏剧作的主要场所。然而，似乎是祸不单行，1642 年英国的清教徒们兴起了一场革命，以戏剧有伤风化为名，关闭了伦敦所有的剧场，环球剧院也未能逃此厄运。1644 年环球剧院被拆除，在原地皮上盖起了新兴的公寓楼。

目前这一所环球剧院，是由伦敦市政厅于 20 世纪末重修的，还原了当年老剧院的外形和结构，兴建了一座一般所称半木架结构（half-timber）的新剧场，称为莎士比亚环球剧院（The Shakespeare's Globe Theatre）。

环球剧院内景

　　这个剧场主要分两部分：一部分是展览馆，里面陈列着各种珍贵文物，包括莎士比亚作品的手稿，他当年作为剧作者兼演员时的生活用具、历年出版的莎剧书籍、火灾后残存的以及1644年被强迫拆除时保护下来的一些物件、莎剧中人物的服装饰品等。几座莎剧中人物的蜡像则更吸引青年学生的兴趣。壁上和柜中展出的众多有关英国文学艺术传统的图片说明和实物陈列，更使参观者受到有关英国文艺史的生动教育。

剧场的另一部分，当然就是演出的场所了。这个剧场之所以被称为"环球"（Globe），是因为它是一座环形建筑，类似我国南方的一些天井式楼房。这个天井楼共三层，每层的三面是观众席位。底楼（一层）有5排座位、中楼（二层）4排、顶楼3排，都不是沙发式软座椅，而是没有扶手的横排木凳。观众能够很亲切地闲话，人多时坐紧些，人少时松些。底层圆形的四分之一就是一个长方形的舞台，后方是一个楼房的外框。整个舞台除了两边各有一根撑着舞台顶棚的高柱外，没有任何道具或幕布等。演出时临时放置几件必要的物件，十分简单，类似于我国京剧的舞台。而最有趣的是环形楼中间的部分，是所谓的"站席"，但观众一般都是席地而坐。靠舞台边最近的观众，甚至必须仰头看演员。"站席"的票最便宜，我10年前去的时候只要5英镑。二、三两层票价相同，依座位好坏（前排居中自是最好座）自13到29英镑不等。

　　最有趣的是表演十分自由轻松。多数演出是按照莎剧诗行背诵，但不少是按改编人的意图以散文对话形式演出。我去看戏的那一次，还看到"站席"最靠舞台的年轻观众和演员对话，而演员也以插科打诨的方式来对答几句，但很快就机巧地引回到戏中原题上来了。

环球剧院活动中
真人扮演的雕像，
两小时一动不动

　　这里要特别指出的是，环球剧院不仅是一个欣
赏艺术演出的场所，还是一个人文教育基地。环球
剧院的主办者环球剧院公司（The Globe Theatre
Company）除在展览厅布置了常年开放的大量历史文
物供公众，尤其是学生丰富知识外，还经常有计划地
组织各种讲座、座谈会、演员见面会、小型表演作坊
（供有志做演员的青年练功之用）。这些活动都由一个
名为"环球链"（The GlobeLink）的公司统筹。每
年有近十万青年学生参加这些活动。该公司还负责为
"环球链"的会员提供函授资料。可以看出，环球剧院

不仅仅是一个戏剧演出场所，而且是一个保护和传承英国文化传统的重要基地。不仅如此，由于它主要演出莎士比亚的剧作，而全部莎剧的中心理念可以概括为"真理、人性、人权、法制"四个方面（这是我个人的看法），因此，四百多年来莎剧的演出，在培养英国人，尤其是英国青年人的人文素质、道德修养方面起到了极为重要的作用。我希望，我们北京的"半球剧场"（这是我个人斗胆给"北京国家大剧院"起的名字，英语可称The Dome Theatre，因为它形似一个扣过来的半个球），也能在我国广大人民的人文素质和道德品质的养成中，作出同样重要的贡献。

（原载《中华读书报》2014 年 5 月 21 日第 18 版，有增改）

二百二十年了，
想起彭斯

今年是苏格兰著名农民诗人罗伯特·彭斯（Robert Burns，1759—1796）逝世220周年。

1月25日，我们在北京的十多个中外彭斯迷，依照惯例聚到了一起，过了一个"彭斯之夜"（Burns Night）。因为那是彭斯的生日。在苏格兰，每当此日，人们都或在家中、或在酒吧聚在一起，度过这个日子，以表对彭斯的怀念。

那一天，我将多年来保存的彭斯挂像（一张报纸大小）、他出生的"彭斯茅舍"（Burns Cottage）及其他有关的照片和几本彭斯的中英文书籍都带到我们作为会场的小酒店里。除掉向酒店预订的几盘凉菜之外，一位英语女教授在她家里蒸好了一笼羊肉包子，权当苏格兰人在这个晚上都吃的传统点心haggis。

说起haggis，它是一种苏格兰民间传统蒸包。先将羊杂碎（羊肝、羊肚子、羊肠子等）切碎，加上葱、蒜、大料等调味品煮熟，然后塞进羊肚子（羊胃的外皮）里包起来（类似香肠那样，只不过是长圆形的），再蒸得更熟，就可以吃了，像中国人吃包子一样。

不过说实话，真正的正宗haggis不是咱们一般人都吃得下去的。尤其是南方人，肯定受不了那股味儿。倒是吃惯了北京的"炒肝儿"和"豆汁儿"的老北京会喜欢吃它。我们不会做，也不敢做，只好用牛肉或羊肉馅包子来代替。

不管怎样，我们吃了"假haggis"，喝了不少啤酒。有一位苏格兰老外会弹吉他。大家在他的伴奏下尽情大声唱了几首彭斯的歌（或由他借地方民谣配词的歌）。唱歌间歇中，苏格兰朋友和访问过彭斯故乡的人（包括我）讲了一些有关的故事。大家过了一个欢乐的Burns Night。

世界各国的人们知晓彭斯，主要是因为大家都爱唱他的最著名的抒情歌曲Auld Lang Syne。这首在亲人、朋友聚会或离别时唱的曲子，已经被各国人们翻译成自己的语言来唱，在中国它名为《友谊地久天长》，歌词是：

怎能忘记旧日朋友，心中能不怀想。
旧日朋友岂能相忘，友谊地久天长。
......

千年万载永远不忘，朋友的情意长。

举杯痛饮欢度时光，朋友的情意长。

　　说起来是20世纪50年代中的事了。我有机会参加
一次国际青年联欢节的活动。在结束前的告别晚会上，
各国代表用自己国家的歌词同声高唱这首曲子。我先
后用中英文唱了这支歌。大家不分国籍，互相拥抱。
许多朋友都热泪盈眶。

　　彭斯的另一首脍炙人口的抒情诗曲，就是《一朵
红红的玫瑰》。英语原文是：

A Red, Red Rose[1]

O, my love's like a red, red rose,

That's newly sprung in June.

O, my love's like the melody,

That's sweetly play'd in tune.

As fair are you, my bonnie lass,

So deep in love am I.

And I will love you still, my dear,

Till all the seas gone dry.

Till all the seas gone dry, my dear,
And the rocks melt with the sun!
And I will love you still, my dear,
While the sands of life shall run.

And fare you well, my only love,
And fare you well a while!
And I will come again, my love,
Though if were ten thousand mile.

这首诗由我国著名学者和诗人王佐良教授[2]译成优美的汉语，如下：

一朵红红的玫瑰

呵，我的爱人像朵红红的玫瑰，
六月里迎风初开；
呵，我的爱人像支甜甜的曲子，
奏得合拍又和谐。

我的好姑娘，多么美丽的人儿！
请看我，多么深挚的爱情！
亲爱的，我永远爱你，

纵使大海干涸水流尽。

纵使大海干涸水流尽，
太阳将岩石烧作灰尘，
亲爱的，我永远爱你，
只要我一息犹存。

珍重吧，我唯一的爱人，
珍重吧，让我们暂时别离。
但我定要回来，
哪怕千里万里！

但彭斯绝不是一个只写爱情诗的人。他首先是一个真正的农民诗人。他出身于苏格兰艾尔郡的阿洛韦镇（Alloway, Ayrshire），自幼年起随父母干农活，直到27岁。他是一个爱国者，一个民主主义和民族主义者。他对统治阶级万分痛恨，倡导人人平等的理想社会。不论是在爱丁堡的短暂时间或是在农村，他都经常与一些所谓"反叛者"们交往，并以诗篇来颂扬和支持他们的革命斗争。他生活的时代世界各地人民的革命斗争风起云涌。他降生52年以前（1707年），英国统治者吞并了苏格兰，引发了人民群众，尤其是贫困农民的长期反抗。彭斯自幼受此影响，17岁时起就倡导"脱英"。1775年，他作诗支持乔治·华盛顿领导的美国人民的反英斗争。1789年法国巴黎的革命群众攻占巴士底狱，他写诗表示支持，甚至写信给他的朋友公开称赞法国人民处死路易十六一事，说："试问把一个欺诈成性的木头人和一个无耻的婊子交到绞刑吏手上有什么了不起。"他甚至还用自己本就不多的一点积蓄买了四门小炮，来支援当时正在进行革命斗争的法国人民。只可惜在海运途中被英国政府扣押，未能送到法国人民手里。

作者在彭斯家乡"彭斯茅舍"前留影

由于家庭的贫穷和长期的艰苦劳动、营养不良，到二十多岁时，彭斯已经身体状况很差了。为了求得一条生路，彭斯曾打算到海外去试试运气，但缺乏路费。为此，他在1786年将此前趁劳动之余写的一些诗编印了一本诗集。不想此诗集使他一夜间声名大振，甚至首府爱丁堡的上层社会都对他表示倾心。为此，他还受邀去爱丁堡小住。但那里的上流社会生活对他这个农民来说格格不入，很快他就回到家乡继续务农。

作者在彭斯
纪念塔前留影

他的故乡有许多游吟诗人，他们带着风笛等简陋的乐器到处游荡，在村镇中为一般民众表演，也为在地里干活的农夫们带来一些休闲。彭斯自小就喜欢同这些

思念集

人接触，逐渐地他也以一个热情的年轻人的心试着写一些民谣、诗歌。他时常借农闲的时日到当地高原地区（highlands）收集民歌野曲，并作一些加工整理，尤其是使一些已近失传的民谣通过他的努力而保存下来。

但彭斯对苏格兰诗歌的贡献，绝不止于他自己写的诗和对民歌的整理和保存，也不止于那些脍炙人口的爱情歌曲，更应载入史册的，是他作为一个爱国者和民主、民族主义战士而写下的政治斗争诗歌。我们且来看看他最著名的一首爱国诗篇。

苏格兰人（节选）

跟华莱士流过血的苏格兰人，
随布鲁斯作过战的苏格兰人，[3]
起来！倒在血泊里也成——
要不就夺取胜利！

时刻已到，决战已近，
前线的军情吃紧，
骄横的爱德华在统兵入侵——
带来锁链，带来奴役！

……

凭被压迫者的苦难来起誓，

凭你们受奴役的子孙来起誓，

我们决心流血到死——

但他们必须自由！

打倒骄横的篡位者！

死一个敌人，少一个暴君！

多一次攻击，添一分自由！

动手——要不就断头！

再看看彭斯的另一首民主主义诗篇：

不管那一套（节选）

有没有人，为了正大光明的贫穷

而垂头丧气，挺不起腰——

这种怯懦的奴才，我们不齿他！

我们敢于贫穷，不管他们那一套，

管他们这一套那一套，

什么低贱的劳动那一套，

官衔只是金币上的花纹，

人才是真金，不管他们那一套！

我们吃粗粮，穿破烂，

但那又有什么不好？

让蠢材穿罗着缎，坏蛋饮酒作乐，

大丈夫是大丈夫，不管他们那一套！

……

　　这里，我要说明一下：这首诗的名字原文是A Man's a Man for A' that，其中for a' that也是诗文中多处重复的一句。这句诗最好地显示了彭诗的民间性、通俗性、口语性和乐声性。许多警句都铿锵有力、掷地有声。for a' that被王佐良先生译成"管他那一套"，也完美地唱出了原句的寓意和声色。

　　然而，这样一位让各国人们喜爱的诗人，却因为贫穷和辛劳而在37岁的华年离我们而去了。今天，在他走后二百二十周年之际，我们来纪念他，怀想他。我们所该做的，是尽我们之所能，以我们对彭斯的敬仰和爱心，来更广泛地传播他的诗作，唱他的歌，为全人类更美好的未来多做一些事情，使彭斯在他的《不管那一套》一诗中所期盼的一天早日到来：

　　好吧，让我们来为明天祈祷，

　　不管怎么变化，明天一定会来到。

　　那时候真理和品格

将成为整个地球的荣耀！

管他们这一套那一套，

总有一天会来到：

那时候全世界所有的人

都成了兄弟，不管他们那一套！

（原载《中华读书报》2016 年 11 月 16 日第 17 版）

1　为一般读者之便，我将诗句中一些中世纪英语单词改为现代英语，如将
　　luve、thee 和 gang 分别改为 love、you 和 gone 等。

2　文章各诗的译文均出自王佐良教授笔下。

3　布鲁斯是 14 世纪苏格兰国王，华莱士是 13 世纪苏格兰民族英雄，都
　　曾带领苏格兰人对英格兰进行争取独立的斗争。

纪念
保罗·罗伯逊

作者按：

美国著名黑人歌唱家保罗·罗伯逊毕生为民主、人权和世界和平而歌唱，支持中国人民的解放和建设事业。1937年全国性抗日战争爆发后，他在美国本土和加拿大、欧洲等地用汉语演唱《义勇军进行曲》，并将所筹之款经由宋庆龄先生之手转交延安，支持抗日斗争。20世纪60年代初，本拟来中国访问，但在此之前他访问了当时以赫鲁晓夫为首的苏联，因而失去了来华访问的机会。我心中一直以此事为念，认为是一件憾事。因此，2008年时值罗伯逊诞生110周年，我发起并获得宋庆龄基金会、中国外国友人研究会、北京外国语大学、外语教学与研究出版社和中国日报社的支持，举办了一次纪念会。以下是我当时发表的文字。

保罗·罗伯逊生平

保罗·罗伯逊（Paul Robeson）为著名美国黑人歌唱家、演员、民权运动领袖、国际和平运动战士，中国人民的朋友。

1898年4月9日他诞生在一个黑人牧师家庭。父母均是从奴隶主农场逃跑出来而获得自由的黑奴。

他6岁时，母亲因简陋厨房着火而被烧死。父亲因种族歧视而被吊销牧师执照。他自小从父亲处学到做一个人所需要的尊严和勇气。

保罗·罗伯逊

由于在中学时体育成绩优异，他获得奖学金进入拉特杰斯大学（Rutgers College）学习，成为全美足球队明星队员，同时显示出高超的歌唱天才。

他立志要用法律来保护黑人的权益，因此以周末为俱乐部打球挣得的钱进入哥伦比亚大学法律学院，毕业后获得律师资格。

在一次庭审中，一个白人法庭秘书拒绝为他服务，说："我从来不给一个黑鬼干活。"他就此认识到必须从事争取黑人平等权利的斗争。他放弃律师职业，决心利用他的歌唱和表演天赋证明黑人与白人同样优秀。

他加入了由著名戏剧家尤金·奥尼尔主持的普罗文斯顿剧社，在《奥赛罗》《上帝的儿女都有翅膀》，以及《演艺船》等剧中的演出使他名声大振。

20世纪30年代初，他访问欧洲，主要在英国演出。在此期间，他接触到国际劳工运动中的进步力量。后来，在自传《我的立场》一书中他说："我领悟到一个国家的主要精神不是由上层阶级，而是由人民大众决定的。"

1934年12月20日，他离开英国到莫斯科，访问他向往的世界第一个社会主义国家苏联。他受到极为热烈的欢迎。他在演唱会上用俄语唱《伏尔加船夫曲》和美国的传统工人运动歌曲。这段时间，他主要在欧洲（英国、德国、苏联等地）广泛进行演唱和拍片活动。

1937年，日本军国主义者发动了全面侵华战争。在此后的两年间，他在不同集会上公开声讨日军对华侵略。1938年伦敦的国际和平运动集会上，他发表了演说，声援中国人民的抗日斗争，并用中文演唱《义勇军进行曲》。会上，顾维钧代表宋庆龄发表了演说。1940年，他参加了保卫中国同盟艺术团在美国的募捐义演，还用中文灌制了《义勇军进行曲》等抗日歌曲的唱片。1941年，他应邀担任宋庆龄领导的保卫中国同盟的荣誉会员。

1938年，他到西班牙，支援人民反抗佛朗哥的斗争。他在西班牙各地演唱，鼓舞人民的斗志。他还会见了国际纵队中的美国黑人志愿者。1939年4月，他到北欧国家参加了反纳粹示威活动。

20世纪30年代末到40年代中期这段时间，他在美国和欧洲广泛参加争取黑人平等权利和维护世界和平的斗争。由于他的亲苏立场和与美国共产党的关系，他受到美国联邦调查局的迫害。胡佛公开宣称他是个"百分之百的共产党分子"。在对他进行调查的国会听证会上，罗伯逊被问及是不是共产党。他说："在今天的世界上，只有两类人：一类是法西斯分子，一类是反法西斯分子。共产党人属于反法西斯的一类。我把我自己放在反法西斯的一边。共产党和民主党、共和党一样都是合法的政党。我可以加入任何一个。我可以和任何人一样考虑加入共产党。这就是你们可以了解的我的立场。"

1941年希特勒入侵苏联，罗伯逊向当时美国总统罗斯福提出向苏联提供军援。

第二次世界大战结束后，蒋介石进一步镇压中国国内的民主运动。1945年11月14日在美国举行的世界争取自由大会上，罗伯逊发表演说，谴责美国政府支援蒋介石政府镇压人民民主、自由和独立斗争的罪行。

1946年3月5日丘吉尔在美国发表《铁幕演说》，对苏联展开冷战。罗伯逊公开讲话声讨丘吉尔。

1949年10月1日新中国建立后，罗伯逊在无线电中听到这个消息，同几个朋友一起走上街头，手挽手用中文高唱"起来，不愿做奴隶的人们……"，以示庆贺。

1950年朝鲜战争爆发，杜鲁门向朝鲜半岛派兵。罗伯逊在麦迪逊广场花园群众集会上讲话，抗议美国政府"把美国人民的利益拴在'三八线'以南一小撮腐败政客的命运上"。

美国政府吊销了罗伯逊的护照，使他不能出国活动。世界各国进步组织要求美国政府归还罗伯逊的护照。美国政府要求他签署一份"非共产党"的声明。罗伯逊认为这是对他宪法权力的侵犯而拒绝签字，因而护照长期不得恢复。

1956年，他身体健康状况开始下降，两次做手术。

1958年6月，由于国内外的压力，美国政府不得不恢复罗伯逊的护照。他于同年7月访问欧洲。8月15日再次访问苏联。17日他在列宁体育馆用俄语为18,000名观众演唱苏联歌曲《祖国颂》，以及《老人河》《乔·黑尔》《约翰·布朗的遗体》等美国工人运动传统歌曲。

60年代初以后，由于苏联赫鲁晓夫的政策引起的世界共产主义运动的分裂，罗伯逊陷入很大困难。他的活动逐渐减少，身体及精神均日渐衰弱。1965年他夫人因癌症去世，1968年马丁·路德·金被刺身亡，均给他极大的打击。1976年1月23日保罗·罗伯逊病逝，享年77岁。

1月27日在为罗伯逊举行的葬礼上，冷雨淅沥，天地同悲。主持仪式的牧师用美国传统工人运动歌曲《乔·黑尔》中最后一句话的意思结束他的祷词："不要为我哀伤，继续为自由斗争。"

The life of Paul Robeson

Paul Robeson was a renowned black American scholar, singer, actor, athlete, and a staunch freedom fighter.

Born on April 9th, 1898, in Princeton, US, Paul Robeson was the son of a runaway slave. When he was six, his mother was burned to death in a kitchen fire. His father worked for a short time as a pastor but was soon suspended of his license because he was black. He learned from his father dignity and courage.

At high school, because of his excellent performances both in his studies and on sports field, Paul Robeson received a scholarship to Rutgers College. He was one of the first African-Americans to be named a college football All-American.

Seeing the segregated life of the black people, Paul decided to study law to become a lawyer so that he could protect the rights of his people. With what he earned playing for football clubs, he got himself enrolled at the law school of Columbia University. He passed the bar exam and became a lawyer upon graduation. He got a position with a New York law firm. However, once at the court the stenographer refused to work for him, saying, "I never take dictation from a nigger."

Realizing that the only way to help win true emancipation of the black people was to devote himself to the fight for human rights, Paul gave up his job as a lawyer and began to make use of his performing talent to prove that the black people were equally able as the white people.

Eslanda Cardozo, his wife whom he had married while in law school, encouraged him to act in amateur theatrical productions. Robeson soon joined the Provincetown Players sponsored by the famous playwright Eugene O'Neill. He starred in *The Emperor Jones* and *All God's Chillun Got Wings*, which brought him immediate acclaim. With his excellent performance in Shakespeare's *Othello* and the musical *Show Boat* his reputation was solidly established. However, Paul realized that his acting range was limited by the choice of roles available to him as an African-American and so decided to turn to singing full time so as to give his talent a fuller play.

In the early 1930s Paul visited Europe, singing mainly for the underprivileged. He had learned to speak more than 20 languages in order to reach the common people. His continued travels throughout Europe brought him in contact with some politically left-wing personages. Later in his autobiography *Here I Stand* he said, "I learned that the essential character of a nation is determined not by the upper classes, but by the common people, and that the common people of all nations are true brothers in the great family of mankind."

On December 20th, 1934 he left the UK for Moscow, to visit the first socialist country in the world, where he was given the warmest and most enthusiastic welcome. He sang *The Volga Boatmen* in Russian and American working-class songs, like *Joe Hill*, *We Shall Not Be Moved*, and many others. Robeson was ecstatic with this new-found society, declaring, "Here... for the first time in my life... I walk in full human dignity."

In the summer of 1937 the Japanese imperialists started the all-out war of invasion against China. During that year and the next, at various occasions, Robeson openly denounced the Japanese militarists' invasion. In 1938, at a mass rally of the international peace movement he spoke in support of the Chinese people's struggle against Japanese invaders. Robeson sang in Chinese *The March of the Volunteers*, which became in 1949 the national anthem of the newly established People's Republic of China.

In late 1938 Robeson went to Spain to support the struggle of the Spanish people in their fight against the Fascist Franco forces. He sang in many cities and towns to inspire the masses and met with the black Americans of the International Brigades. In the next year he went to Northern Europe to take part in the anti-Nazi demonstrations.

During the period between the late 1930s and mid-1940s, Robeson took an active part in the struggle of the black Americans for equal rights and the world people's movement for peace and democracy. Because of his pro-Soviet stance and his close relationship with the American Communist Party, he was constantly persecuted by the US Federal Bureau of Investigation. Its notorious director Hoover openly declared that Robeson was a "hundred percent Communist". At a congress hearing session Robeson was asked whether he was a member of the American Communist Party. He answered: "What is the Communist Party? As far as

I know it is a legal party... a party of people who have sacrificed for my people..." When pressed to give a yes-or-no answer, he replied: "Would you like to come to the ballot box when I vote and take out the ballot and see?"

In 1941 Hitler's army invaded the Soviet Union. Robeson wrote to President Roosevelt asking the government to send aids to the war-torn country. At the same time he continued to sing to collect money to support the Chinese people in their fight against the Japanese invaders. From 1941 to 1945 Paul Robeson served as an honorary member of the China Defence League at the invitation of Madame Soong Ching Ling.

Robeson's opposition to the reactionary Chiang Kai-shek clique's policy toward the Chinese Communist Party was always clear. During the height of Chiang Kai-shek's suppression of the Communist-led forces, a Sun Yat-sen Day tribute meeting was held on March 12th, 1944 in New York City. Robeson attended the rally. In his speech he made very clear his stance toward what was happening in China. He said: "China today is fighting with one arm tied. The arm that is tied is the Communist-led Eighth Route and New Fourth Armies.

Despite the great work which these armies have done in defending China — not only in fighting, but in education and mobilizing the people for defense... despite all these things, the Chinese guerilla armies have been held in check, blockaded and hunted down, and denied financial, military or economic aid from the government... The three years' blockade against the Chinese guerilla forces must be lifted. The entire might and strength of China's 400 millions must be united."

After WWII, Chiang Kai-shek intensified his suppression of the democratic elements in China. On November 14th, 1945, a rally was held in Washington to support the world's peace movement. Robeson made a speech in which he denounced the policy of the American government supporting Chiang Kai-shek government in its suppression of the Chinese people's struggle for democracy, freedom and independence.

In March 1946 Winston Churchill made his infamous "Iron Curtain Speech" and initiated the cold war against the Soviet Union. Robeson spoke openly to condemn him. He urged black youths not to fight if Washington went to war against the Soviet Union. For this he was forced to answer questions at a McCarthy hearing session. When asked why he didn't go and stay in the Soviet Union, he replied: "Because my father was a slave, and my people died to build this country, and I am going to stay right here and have a part of it just like you. And no fascist-minded people will drive me from it. Is that clear?"

On the day October 1st, 1949 when the People's Republic of China was born, Robeson was in Paris. When he heard the news over the radio he went out of the hotel with a few friends and hand in hand they marched in the street singing "Arise, you who refuse to be bound slaves..."

In 1950 the Korean War broke out and Harry Truman sent troops to the Korean Peninsula. Robeson spoke at a rally in Madison Garden Square to protest against Washington's policy.

Soon the American government suspended Robeson's passport, making it impossible for him to travel abroad. When democratic elements all over the world asked Washington to lift this ban, they wanted him to sign a statement confirming that he was not a member of the Communist Party. Robeson refused to do this, stating that it was an infringement upon his constitutional rights. For this his passport was suspended for a long time.

Because of these attacks Robeson's health suffered, and in 1956 he underwent two surgeries.

In June 1958 under the pressure at home and abroad, Washington had to resume Robeson's passport. In August that year Robeson once more visited the Soviet Union. On the 17th he sang to an ecstatic audience of 18,000 people at the Lenin Gymnasium. He sang, in Russian, the famous *Ode to the Motherland,* and American working-class songs like *Joe Hill, Old Man River, John Brown's Body*, and many others.

In the mid-1960s Robeson's health began to deteriorate. His wife died of cancer in 1965. Martin Luther King was assassinated in 1968. All these greatly affected his health and spirit. During the eight years after that, Robeson fought staunchly against illnesses and died on January 23rd, 1976, at the age of 77.

On the 27th of that month, a cold rain fell all day outside Mother AME Zion Church in Harlem, New York City. Despite the rain, thousands, black and white, gathered on the sidewalk and inside the church.

The bishop, a boyhood friend of Robeson, delivered the eulogy. He ended with a paraphrase from a line Robeson used to sing at the close of *Joe Hill* — "Don't mourn for me, but fight on for freedom."

在保罗·罗伯逊纪念会上的讲话（节录）

我只想和大家一起回顾保罗一生中发表的重要讲话中的一些片断。从中，我们可以看到保罗是怎样从一个相信艺术就能解决种族主义的年轻人，成长为一个为人权而不懈奋斗的战士。

早在20世纪30年代到欧洲旅行时，保罗就开始与左翼人士接触。

在他的自传《我的立场》中，保罗说："我领悟到一个国家的主要精神不是由上层阶级，而是由人民大众决定的。而且，一切国家的人民大众在人类大家庭中都是情同手足的兄弟。"

1934年，保罗访问了世界上第一个社会主义国家苏联。他对这个新建立的社会着了迷。他宣称："在这里，我有生以来第一次……以最完全的人类尊严昂首阔步。"

因为他的亲苏立场，保罗一直遭到美国联邦调查局的迫害。

在"麦卡锡主义"横行的时期，一次听证会上保罗被质问为什么没有留在苏联。他回答说："因为我父亲是个奴隶，我的黑人同胞为建设这个国家献出了生命，所以我将作为它的一分子永远留在这里。没有任何法西斯分子能把我赶出去。我说得够清楚了吧？"

对于中国，保罗的立场一直很明确，那就是同情共产党，反对蒋介石镇压共产党领导的抗日武装。

1944年在纽约一次集会上，他发表演说："当前，中国人民是在一只胳膊被捆住的状况下进行战斗的。那只被捆住的胳膊就是共产党领导的八路军和新四军。他们不仅在打击敌人上，也在教育和动员人民保卫祖国上做了大量工作……尽管如此，他们还是受到种种限制、封锁和打击，并且不能从官方获得任何财政、军事和经济支持。"保罗就此强烈呼吁："对于共产党领导的武装持续了三年的封锁必须解除。四万万中国人民的意志和力量必须凝聚在一起。"

女士们，先生们，从引用的保罗的这些话语中，我们可以清楚地看到，保罗是个高贵、正直、讲原则、有政治敏锐性的人，而最重要的，他是一个热爱全人类的人。

Speech at the Paul Robeson Memorial (Abridged)

Ladies and Gentlemen:

I shall only read to you some passages taken from the many speeches Paul made in his lifetime. From these passages we can see how Paul grew from a young man who believed that art would be the solvent to racism into a mature and unyielding fighter for human rights.

During the early 1930s Paul traveled to Europe where he came in contact with the political left.

The author giving a speech at the Paul Robeson Memorial

Later in his autobiography *Here I Stand* he said, "I learned that the essential character of a nation is determined not by the upper classes, but by the common people, and that the common people of all nations are true brothers in the great family of mankind."

In late 1934 Paul visited the Soviet Union, the first socialist country in the world. He was ecstatic with this new-found society, declaring, "Here for the first time in my life... I walk in full human dignity."

Because of his pro-Soviet stance, Paul was constantly persecuted by the US Federal Bureau of Investigation.

During a McCarthy hearing he was questioned why he didn't go and stay in the Soviet Union, he replied, "Because my father was a slave, and my people died to build this country, and I am going to stay right here and have a part of it just like you. And no fascist-minded people will drive me from it. Is that clear?"

Paul's sympathy with the Chinese Communist Party and his opposition to Chiang Kai-shek's suppression of the Communist-led forces in their fight against the Japanese invaders were always clear.

At a rally in New York City in 1944 he said, "China today is fighting with one arm tied. The arm that is tied is the Communist-led Eight Route and New Fourth

Armies. Despite the great work which these armies have done in defending China — not only in fighting, but in education and mobilizing the people for defense... despite all these things, the Chinese guerilla armies have been held in check, blockaded and hunted down, and denied financial, military or economic aid from the government... The three years' blockade against the Chinese guerilla forces must be lifted. The entire might and strength of China's 400 millions must be united."

Ladies and Gentlemen, from these few quotations from Paul, we can clearly see that Paul Robeson was a man of dignity, a man of righteousness, a man of principle, a man of political sensitivity, and above all, a man of love for the whole mankind.

后记

    这个小集子里的十几篇文字，多数是过去曾在报刊上登载过的，但有些是这次新写的。这是因为在选编旧作时，想到还有不少故人也是我经常在思念的，因而决定也把这些思念记了下来。

    在这小书的编辑出版过程中，得到外语教学与研究出版社，尤其是它的基础教育集群的大力支持。责任编辑张玉青小友不仅通书编排，而且为我手写的新稿在电脑上打出清样。而我的"天书"常常是不好认的，有时还要改我的误笔。尤其是，她总是说喜欢我的文章；有一次还说读到某文的某处时，感动得流下眼泪。这给了我很大的鼓励和信心，为此我向她表示深切的感激和歉意，并因本书有这样一位第一个读者为幸。还有冷淑华小友，也为我旧稿的收集提供、以

及所附相片的选定和加工，费了许多时间，也在此送
上谢意。

我希望读者喜欢这本小书，但其中必有不尽完满
之处，敬请给予教正。

陈琳
二〇一八年雪花初飘之日

作者简介

　　陈琳，祖籍江苏扬州，1922年5月出生于北京。1937年随家避难至四川，先后在重庆及成都上学。1944年就读燕京大学时，应招为美国援华空军（飞虎队）任翻译，辗转于成都、昆明及密支那各地。在成都新津机场时曾得一少校机长同意，随其所驾B-29飞机轰炸东京。但被上校大队长得知，遭禁止并受批评，未能如愿，至今引为憾事。（此机安全返航，但同行一架在日本上空被击落，另一架被击中后迫降苏北新四军驻地。）他为自己能有机会为抗日战争的胜利做了一点工作而终身感到欣慰。

　　抗战胜利后，随家到南京。1946年夏转学入南京金陵大学三年级。其间半工半读，在明德女中及中华女中兼教英语。1948年夏毕业，被聘为金陵大学外文系助教。

  1949年8月离南京，入北京外国语学校（北京外国语大学前身）。在华北人民革命大学短期学习后，在北外学习与任教至今。其间，于1956年奉教育部命主编新中国首套大学英语课本。1961年参加教育部外语教育改革会议时，聆听了周恩来总理有关外语教育应实施"多语种，高质量，一条龙"方针的指示。其后，奉教育部之命主持供全国各外国语学院附属学校使用的英、俄、德、法、西、阿拉伯六语种的"一条龙"式教材的编撰工作。从此数十年来坚持从事"一条龙外语教育模式"的研究与实践。

1973年至1975年，陈琳被借调至解放军装甲兵司令部协助坦克部队的外训工作，前后三年半。在这段军伍生涯中，他学习到解放军战士的优秀品质，享受到与第三世界国家官兵相处的兄弟情谊，是其一生中又一段值得怀念的日子。

陈琳曾参加《毛泽东选集》英文版翻译工作。改革开放后，担任由中央电视台与中央人民广播电台向全国播放的《广播电视英语课程》主讲及教材主编，先后担任北京外国语学院成人教育学院院长、北京外国语学院海南分院院长等职。2001年起主持教育部基础教育阶段《英语课程标准》的制定工作。

陈琳现任国家语委咨询委员会委员、国家语委中文译写学术委员会主任委员、全国基础教育课程教材专家委员会委员、全国基础外语教育研究培训中心理事长、《中国日报》顾问、外语教学与研究出版社顾问、《英语》（新标准）系列教材总主编。其所著《辩证实践外语教育途径》一书，在长期从事英语教学实践的基础上，总结学习与讲授英语的心得，提出了首个由国人创立的英语教育途径：辩证实践途径（Dialectical Practice Approach）。他对一切人类思维与实践的中心认识是：实践（如英语学习中的听说读看写）是第一位的，理论（如语法、语音知识、词的惯用法）是第二位的；理论来自于实践，但一旦建立，又转而指导进一步的实践。

陈琳曾担任2008年第29届奥运会中国奥组委外语顾问，因其所作贡献被授予由党中央和国务院共同颁发的"先进个人"金质奖牌。他积极参与外语教育国际交流工作，被国际英语教师协会授予荣誉奖状，并曾获得"中国老教授协会"颁发的杰出贡献奖。

陈琳虽已95岁高龄，但仍继续全身心工作，争作"百岁教书匠"。他的座右铭是："只要活着，就要工作。"

图书在版编目（CIP）数据

思念集／陈琳著. -- 北京：外语教学与研究出版社，2017.12
ISBN 978-7-5135-9696-1

Ⅰ.①思… Ⅱ.①陈… Ⅲ.①散文集－中国－当代 Ⅳ.①I267

中国版本图书馆 CIP 数据核字 (2017) 第 322377 号

出 版 人　徐建忠
项目策划　张黎新
责任编辑　张玉青
封面设计　锋尚设计
出版发行　外语教学与研究出版社
社　　址　北京市西三环北路 19 号（100089）
网　　址　http://www.fltrp.com
印　　刷　北京尚唐印刷包装有限公司
开　　本　889×1194　1/32
印　　张　9.5
版　　次　2017 年 12 月第 1 版　2017 年 12 月第 1 次印刷
书　　号　ISBN 978-7-5135-9696-1
定　　价　68.00 元

购书咨询：（010）88819926　电子邮箱：club@fltrp.com
外研书店：https://waiyants.tmall.com
凡印刷、装订质量问题，请联系我社印制部
联系电话：（010）61207896　电子邮箱：zhijian@fltrp.com
凡侵权、盗版书籍线索，请联系我社法律事务部
举报电话：（010）88817519　电子邮箱：banquan@fltrp.com
法律顾问：立方律师事务所　刘旭东律师
　　　　　中咨律师事务所　殷　斌律师
物料号：296960001